脚本／市川貴幸
ノベライズ／百瀬しのぶ

わたしの宝物
（上）

扶桑社文庫
0833

本書はドラマ『わたしの宝物』のシナリオをもとに小説化したものです。

小説化にあたり、内容には若干の変更と創作が加えられておりますことをご了承ください。

なお、この物語はフィクションであり、実在の人物・団体とは無関係です。

1

二〇〇一年、七月――。

夕方になってもまだ気温は高く、冷房が効いている図書館にいても、夏用のセーラー服に暑さがまとわりついてくる。

中学三年生の夏野美羽《なつのみわ》と一年生の冬月稜《ふゆつきりょう》は、図書館の閲覧室で背中合わせに座っていた。放課後、美羽はいつもここに来て勉強していた。少し前に冬月と出会い、話すようになり、待ち合わせをしているわけではないけれど、気がつけば毎日顔を合わせていた。

「カッコウの季節になると、ヨーロッパの少女たちは最初に聞いたカッコウの鳴き声の数で、自分たちがあと何年経ったら結婚するかを占うんだって」

美羽は受験勉強の息抜きに『鳥類図鑑』をぱらぱらとめくっている。背中ごしに冬月が「へえ」と興味なさそうに呟いた。かと思うと体を起こし「カッコウ、カッコウ、カッコウ……」と、ふざけて鳴き真似をする。美羽は背中を向けたまま、笑みを漏らした。

ふと、冬月が言う。

「数えた？」

「ん？」

「何年後に結婚できそう？」

「数えてないし」

「数えろよ！」

ツッコミを入れ、冬月はまた「カッコウ、カッコウ……」と鳴き声を真似た。

「うるさいから」

美羽は図鑑をめくった。そこには、鳥かごの中にいる文鳥の写真が載っていた。


二〇二三年、七月――。

都内のタワーマンションの寝室にいる美羽を、文鳥のチーちゃんがケージの中から丸い目で見ていた。もっと遊んでほしいのか、ピィピィと高い声を上げている。

「ごめん、今夜はもう寝る時間だって」

夜の九時を回ったばかり。いつもだったらもう少し、相手をしてあげている。

「鳴かないでー。酔っ払いにイジられるの嫌でしょ？　おやすみっ！」

美羽はケージに黒い布をサッと被せ、クローゼットを開けた。少し考え、白いTシャツからこぎれいなブラウスに着替えた。時間を気にしながら慌ててリビングのテーブルにグラスとお酒、おつまみを並べているとインターホンが鳴った。

「……早い」

　焦りの表情を笑顔の裏に隠し、エプロンを外して玄関に向かう。仕事帰りの夫、神崎《かんざき》宏樹《ひろき》がドアを開けた。背後には篠崎《しのざき》亘《わたる》や木下《きのした》英二《えいじ》ら数名の同僚がいる。

「おかえりなさい」

「ホントにごめんなさい！　どこもいっぱいで二軒目入れなくてさ、探す時間ももったいないし」宏樹が謝ると、「すみません、また奥さんにご迷惑かけてしまって」と、篠崎たちも申し訳なさそうに言う。

「いえいえ。あ、篠原さん、それ履いてください」

　美羽は足元のスリッパを指した。

「僕、篠崎ですぅ」

「あ、すみません！」

「あがってあがって」

　宏樹が同僚たちを中に促すと、次々に「お邪魔しまーす」とあがっていった。

「何もおかまいできませんが、どうぞ」

　美羽は気まずさをごまかすような笑みをつくった。宏樹たちがさっそくリビングで騒ぎ始めるのを背中で聞きながら、ため息をついて靴を揃えた。

お客が帰った後、美羽はキッチンで洗い物をしていた。テーブルにはまだ飲み散らかされた皿やグラスが残っている。宏樹はソファに座り、疲れきった表情を浮かべながらも同僚たちにお礼のＬＩＮＥを送っている。

「私はいいんだけどね、ちょっと時間遅いし、ご近所さんにもあれかな、なんて」

もうすぐ、日付が変わる時間だ。

「誰かに文句言われたか？」

顔を上げた宏樹の眉間に、不愉快そうなしわがくっきりと刻まれている。

「ううん。別に……」

「文句あるのは美羽だろ」

「そういう意味じゃなくて」

「たった二時間ぐらいで……」

「だね、これで宏樹の出世に繋がればいっか」

美羽は笑顔をつくった。だが宏樹はうんざりしたような表情で目を逸《そ》らし、これ見よがしに深くため息をついた。その瞬間、美羽の手元からグラスが滑り落ち、床に音を立てて砕け散った。

「ごめん！」

急いでグラスの破片を片付ける美羽を、宏樹は見下ろしていた。

「あと、おまえさ、名前くらい覚えられない？　篠崎ね、初対面じゃないんだから」

「篠崎さん、うん、覚えた」

床に這いつくばりながら笑顔を浮かべる美羽の横を通って、宏樹は風呂場に向かった。


翌日の午後、美羽は入院中の母、夏野《なつの》かずみの病室にいた。

「あー、お母さん、そこじゃなくてこっちから刺すの、こっち」

かずみは刺繍をしているが、手元が危なっかしい。

「私がやってるんだからー」

かずみは美羽に渡すまいと引っ込める。

「でもこの子の笑顔歪んじゃうよ？　笑顔は大事でしょ」

美羽はまさに今、布に刺繍されている子犬の顔を指した。

「ムリしてきれいに笑わなくてもいいのよ」

かずみの何気ない言葉は、美羽の現状を言い当てているようでドキリとした。

帰宅してしばらくすると、親友の小森真琴《こもりまこと》が息子の幸太《こうた》を連れて遊びに来た。

「離婚してどん底から這い上がりました」

お菓子を食べながらくつろいでいた真琴は立ち上がり、キッチンで夕飯の支度をしている美羽の前にチラシを出した。

美羽は手を止め、チラシを受け取った。チラシには雑貨店『ねこやなぎ』がオープンすると書いてある。

「オープンの日決まったんだ！　念願の雑貨屋さん、おめでとう！　ホントひとりでよく頑張ったよね」

「いやー、うちのバーバとジージが幸太の面倒見てくれるから、なんとか。あっ、宏樹さんも連れてきてくださいね」

「……宏樹は……土日も忙しいから……」美羽はぎこちなく笑顔をつくる。

「宏樹さん、私の推しなんでサービスします！」

宏樹はさわやかなルックスだし、外面《そとづら》もいい。友人受けは抜群だ。

「最近、推しって言ったらなんでも許されるよね」

「うわ、ヤキモチですか？　もうラブラブなんだから～」

うーん。美羽は首をひねった。

「え、じゃあなんですか、それロールキャベツですよね？　愛情ぐっるぐる巻きの私の観測史上、最も重たい料理」

真琴はまな板の上を見ながらひやかすように言う。

「重たいか……真琴と幸太くんの分もあったのにな～」

「いる！　いります！　幸太、ロールキャベツ食べたいよねー」

真琴が『いきものずかん』を読んでいる幸太に問いかけたとき、スマホが鳴った。

「あ、仕事の」

「いいよ、出て出て」

美羽は真琴に言いながらキッチンを出て、幸太のそばに腰を下ろした。

「へぇ、私も好きだったなぁ、こういう図鑑」

「『カエルのせいたいマルイチ、鳴くのはオスだけである』」

幸太は美羽のために声に出して読んでくれた。きっと何度も読んでもらって、暗記しているのだろう。

「すごいねぇ、あ、幸太くん、鳥さんに餌あげてみる？」

声をかけると、幸太は嬉しそうにうなずいた。ケージのそばに連れていってやり方を教えると、目を輝かせ興味津々でのぞき込んでいる。

――うちにも子どもがいれば、もしかしたら……。

にこやかに幸太の横顔を見つめているうちに、胸の中にふと影が差した。

もうすぐ宏樹が帰ってくる。散らかっていないかとリビングを見ると、幸太が忘れていった『いきものずかん』があった。片付けながら時計に目をやると、夜九時を回っている。そのとき、ちょうど玄関のほうでドアが開く音がした。

「おかえり」

ネクタイを緩めながらリビングに入ってきた宏樹は、少しお酒臭い。

「遅かったね、お酒飲んできたんだ」

「待っててって頼んだ？」

宏樹が突っかかるような言い方をする。

「ううん……今朝、もしかしたら早く帰れるかもって言ってたから」

責めているニュアンスを含めないように気をつけて言ったが、宏樹は無言だ。

「少し話したいこともあって。でも疲れてるよね」

「家でも気を使わなきゃいけないのかよ」

機嫌を損ねてしまった宏樹を怒らせまいと、美羽は笑顔をつくった。

「ごめん、また今度でいいから」

「笑うなよ」

宏樹はバタンとドアを閉め、出ていった。美羽は無理につくった笑顔のまま、取り残された。


――妻の生態マルイチ。重たい話をするために、重たい料理をつくってしまう。

心の中で呟きながら、美羽はひとりでロールキャベツを食べた。


一晩寝てもまだ酔いが抜けないのか、宏樹はリビングでボーッとしていた。会社へ行く支度は済んでいるものの、目の前の朝食に手をつける様子はない。

「ねぇ、大丈夫？　今日は休んだら？」

「ムリ」

宏樹は立ち上がり、洗面所に行った。

その横顔を見ると、汗ばんでいる。エアコンが効いた室内にいるのに、体調でも悪いのだろうか。美羽は宏樹が心配になり、追いかけた。

「調子悪い？」

「話したいことって何？　昨日言ってた」

顔を洗っていた宏樹は、洗面所の鏡越しに美羽を見た。

「朝から話すようなことでもないし、今度で大丈夫だから」

「今度っていつだよ？」

宏樹は苛立ちを美羽にぶつけ、洗面所を出ていった。

「真琴の雑貨屋さんのオープンパーティ、手伝いに行ってもいいかな？　今度の金曜日、五時には帰ってこれるから」

美羽は宏樹の後を追いながら、取り繕うように話題を変えた。

「言いたいことあるなら、早く言って」

「え、だから」

「時間かけるな。本当は何？」

宏樹に急《せ》かされ、迷いながらも切り出した。

「子どものことなんだけどね」

そう口にした途端に、宏樹の顔が曇っていく。

「……そろそろちゃんと考えてみない？」

「考えるって？」

「最近、基礎体温測り始めたの。妊娠しやすい日とか、そういうことをちゃんと調べて、それで……」

「自然に任せればいいよ」

宏樹の反応は素っ気ない。

「私たちさ、結婚して五年経つでしょ」

「だから？」

「……私も、もうそんなに悠長なこと言ってられる年齢じゃ」

「悠長にまだ俺の時間使う？」

宏樹は鞄を手に、玄関を出ていった。美羽は言葉もなく、その場に佇《たたず》んでいた。

八月に入り、暑さの厳しい日が続いていた。美羽は久々に明るい色のワンピースを着て、ヒールの音を響かせながらバス停への道を歩いていた。と、スマホが鳴った。宏樹からだ。

「どうしたの？」

『机に会社の封筒があるから。何時に来れる？』

「え……」

『急に午後の会議で必要になった』

「え、ごめん、これから真琴のお店のオープン記念で」

美羽が言うと、宏樹は大きなため息をついた。

『状況わかるだろ？』

電話は切れた。美羽はしばらく考えていたが、踵《きびす》を返し、マンションに戻った。書類は宏樹の言う通り、机の上にあった。急いで届けようと玄関で靴を履こうとし、ふと思いとどまった。

地味な色のブラウスに着替えた美羽は、宏樹が勤める三蔵《みつくら》物産のロビーを歩いていた。

そこに、宏樹と篠崎が通りかかる。

「奥さん？　どうしたんですか？」

「あ、篠崎さん、どうも……」

今度は名前を間違えることもなく、きちんと挨拶をした。

「え、書類持ってきてくださったんですか？」

篠崎は美羽が手にしている封筒を見て驚きの声を上げた。

「あの……はい……」

こういうときはどう振る舞うのが正解なのか。美羽は戸惑いながら、うなずいた。

「ごめんな、もう篠崎が手伝ってくれてつくり直したんだ」

宏樹は笑顔を浮かべ、美羽をねぎらうように優しい口調で言う。

「僕が出しゃばんなくてもよかったですねぇ」

「いえいえ……もっと早くお持ちすれば、本当に申し訳ありませんでした」

「全然大丈夫ですから！　じゃあ僕は先に」

立ち去る篠崎に、美羽は「……ありがとうございました」と、頭を下げた。

「なんでこんなところで待ってるの？」

宏樹の顔からは、先ほどの優しい笑顔が消えていた。

「え……今着いて」

「遅いんだよ、部下に余計な気使わせたし。それとさ、もうちょっとマシな格好できないの？」

「ごめん」

謝る美羽から書類をひったくるように奪って、宏樹は社内に戻っていった。


――夫の生態マルイチ。夫は、外の顔を一番大切にする生き物である。

心の中で呟きながら、美羽はただただやるせない気持ちで、路線バスの窓から外の景色を眺めていた。

『霧浦一丁目、霧浦一丁目、通過します。次は……』

バス内にアナウンスが流れた。気がつくと、降りるはずだったバス停『霧浦一丁目』を通り過ぎたところだった。

「あ……」

美羽は苦笑しながら窓の外を眺めて「ま、いっか」と、そのまま座席に体を預けた。

――いつからこうなっちゃったんだろう。

記憶をたどってみたけれど「もう憶えてないや」と、思わず口に出してしまった。窓の外に視線を移すと、給水塔が見えてきた。

あ。夏の夕空にそびえ立つ給水塔から、目が離せない。

美羽は身を起こして降車ボタンを押し、『城東団地南』でバスを降りた。団地の奥に給水塔が見える。懐かしさに笑みを浮かべながら、歩き出した。だんだんと給水塔が近づいてくると、二十二年前に冬月と歩いた夕方の景色が蘇《よみがえ》ってくる。

あの夏、美羽は二歳年下の冬月と何度もこの道を歩いた。時計を見ると四時半。ちょうど時刻もこれぐらいだった。

やがて図書館が見えてきた。懐かしい気持ちでいっぱいになりながら、中に足を踏み入れた。閲覧席にやってくると、美羽がよく座って刺繍をしていた机がまだあった。美羽は久しぶりに懐かしい机に触れてみた。ささくれていた気持ちがやわらぎ、自然と顔がほころんでしまう。

「懐かしいなぁ」

ゆっくりと本棚を眺めて回り、図鑑のコーナーで足を止めた。『鳥類図鑑』を抜き出してめくってみると、あまりの懐かしさにこぼれる笑みを抑えられない。

「夏野？」

どこからか声が聞こえた。全身がピクリと反応する。あたりをぐるりと見渡したけれど誰もいない。気のせいだろうか。視線を移すと、ひとりの男性がほほ笑みながらこちらに歩いてきた。

「夏野！」

「……冬月くん？」

美羽が声を上げると、冬月はくしゃっと笑った。切れ長の目が細くなり、きれいな歯がのぞく。背が伸びて、声は少し低くなっているけれど、笑顔はあの頃とまったく変わっていなかった。


二十二年前の六月の終わり。初めてここで冬月と会った。

「ほら、こっちのほうが写真がいっぱい載ってるよ」

冬月は閲覧室で刺繍をしていた美羽に向かって、笑顔で『鳥類図鑑』を差し出した。

「え……」

美羽は驚いて顔を上げた。鳥類の専門書を見ながら栞に鳥の刺繍をしていたのだが、たしかに『鳥類図鑑』のほうがきれいな写真がたくさん載っていた。

「夏野美羽か……俺は冬月稜」

冬月は美羽の名札を読み上げ、自己紹介をしながら真後ろの席に座った。

「夏野、学校では見かけないね？　何部？　あ、でもこの時間に図書館にいるから帰宅部か」

「君さ、なんで呼び捨てなの？　一年生だよね？　私三年なんだけど」

冬月の名札の色を見ると、一年生だとわかった。まだ少し前まで小学生だったくせに、ずいぶん生意気だ。

「うるさー、夏野、うるさー」

冬月は目を細めてニッと笑った。

あのときの笑顔が、二十二年の時を超えて目の前にある。美羽は信じられない思いだった。

「夏野、俺だってわかった!?」

「すぐ」

なぜなら、その笑顔がまったく変わっていないから。でも、それは口にしなかった。

「俺も、すぐ。いや、仕事で来たんだけど、まさか夏野がいるとはなー。え、中学ぶり?」

「相変わらずだねー、その感じ。呼び捨てだし。私二個上だから」

「そっちも相変わらず、うるさー」

「うるさくないでしょ?」

「うるさいよ。だっていつも……」

言い合っていると咳払いをされてしまい、ふたりは笑い合った。

「俺が一番うるさいね」

冬月が中学生の頃と同じように、美羽と背中合わせに座る。

「仕事って何してるの？」

「仲間とフェアトレードの会社やってるんだ」

「フェアトレード……ああ、最近よく聞くかも。なんかすごいね」

途上国の人々の自立を応援するための貿易の仕組みだ。

「ずっと夢だったから。そっちは？」

「……私は今は、平凡な主婦だよ」

口にして、惨めな気持ちになった。冬月に比べて、自分はなんて狭い世界で生きているのだろう。

「え……結婚してるの？」

「うん、冬月くんは？」

「してない」

「そっか……」

ふたりの間に、なんとなく気まずい空気が流れた。その空気を一掃するかのように、冬月は鞄からチョコレートを取り出して、美羽に差し出した。

「あげる、うちの会社が取り扱ってる商品」

チョコレートのパッケージには七色の鳥のロゴマークがプリントされている。

「え、いいの？　ありがとう。冬月くんって、よくコソコソお菓子食べてたよね」

「隠れて食べるとうまいんだよ」

「何それ」

やってみなよ、と冬月がそそのかす。

「お静かにお願いします」

通りかかった図書館のスタッフに注意され、ふたりは「すみません」と肩をすくめた。

図書館のロビーで並んで座りながら、美羽は冬月にスマホのカメラロールを見せていた。チーちゃんの写真だらけだ。

「可愛いね」

「私が叶えた夢は文鳥飼うことくらいかな、小《ちい》さっ」

思わず自分にツッコミを入れてしまう。

「夢は夢だよ、大きいも小さいもない」

スクロールしていると、幸太の写真が出てきた。

「あ、この子は親友の子。うち、子どもいないから」

「そっか」

そこに図書館のチャイムが鳴り、閉館時間十五分前を告げるアナウンスが流れ始めた。

「あ！　バス、五十五分の乗らないと」

夕飯の支度に間に合わないと、また宏樹の機嫌が悪くなる。

「あ、やばっ！　走れば間に合う！」

冬月は慌てて走り出した。美羽も鞄を持って後に続く。美羽が必死で走る前を、冬月は楽しそうに笑って走っていた。


『城東団地南』のバス停に着いたときには、息が切れていた。

「夏野に会えてよかった」

冬月は改めて美羽を見る。美羽と違ってほとんど息が乱れていない。

「え……うん、私も」

「俺さ、自分の会社、人に預けて、アフリカに学校つくりに行くんだ」

「……そうなんだ」

「だからもうすぐ日本を離れる。その前に神様がくれたプレゼントだね」

冬月が笑ったところに、路線バスが滑り込んできた。

「じゃあ」

冬月は乗らずに、美羽を見送る。

「じゃあね」

ドアがプシューッと音を立てて閉まった。笑顔で手を振る冬月と、夕暮れに染まる給水塔がどんどん遠く離れていく。

――私は、あの笑顔にいつも救われていた。

でも、もう会えない。冬月に再会してしばらく高揚していた美羽の気持ちはだんだんと沈んでいった。

帰宅するとすでに七時を回っていた。急いで夕食の準備をしていると、宏樹がいつもより早く帰ってきた。

「おかえり。ごめん、まだごはんできてなくて。あと三十分かな、宏樹がお風呂上がるまでには間に合うから」

「何それ、俺へのあてつけ?」

焦りながらも、必死で笑顔をつくった。

「封筒ひとつまともに持ってこれないなら、家のことぐらいちゃんとやって」

「え?」

「ごめんなさい」

美羽は反射的に謝り、とにかく急いでつくろうと手を動かした。

もうすぐ日付が変わる。宏樹が寝室で寝ているのを確認してから、美羽は鞄から冬月にもらったチョコレートを取り出した。しばらくそれを見つめ、ふと顔を上げると、幸太が忘れていった『いきものずかん』が目に入った。

「……あ、そうだ、この鳥なんだっけ」

鳥のページを開いてめくっていくと、パッケージの鳥がいた。レインボーロリキートというらしい。眺めていると図鑑のページに、ポタポタと涙が落ちた。

「あれ……大変、あ……」

ふいにこぼれた涙に自分でも驚き、図鑑に染みをつくる前に慌てて拭《ぬぐ》った。そして、寝室のベッドで眠っている宏樹を見た。

——私たちはよく泣く夫婦だった。

二〇一八年、結婚したばかりの頃のある夜、美羽はぎゅっと唇を噛みしめながら、家路を急いでいた。新婚当時は共働きで、美羽もまだ会社員だった。

玄関を開けると、先に帰っていた宏樹が出迎えてくれた。その途端に、堪《こら》えていた涙が溢れだした。

「どうしたどうした……大丈夫大丈夫！」

「ダメだぁ、私……今日ね……」

美羽は会社であった嫌なことをぽつりぽつりと話し始めた。

「泣くなよぉ」

話を聞いていてくれていた宏樹も、つられて泣きだしてしまった。

——泣くときはいつもふたり。それがあの頃の私たち夫婦の生態だった。


「濡れちゃった……セーフかな、セーフ」

涙を指で拭った図鑑のページには、跡は残らなかったようだ。でも涙が溢れてきて止まらない。美羽は必死で涙を堪えた。

——きっと私は、もう、泣くときはひとりだ。


翌日は土曜日だったが宏樹は出勤だ。目を覚まして「おはよう」と声をかけたけれど、宏樹は美羽と口をきこうとしなかった。

「いってらっしゃい」

玄関先で声をかけても、宏樹は何も言わずに出ていった。ドアが閉まると同時に、美羽は深いため息をつく。重い気持ちで家事を済ませ、昼過ぎに夕飯の買い物に行こうとマンションを出た。エコバッグを手に歩いていると、バス停が見えてきた。『城東団地経由』の案内板を見て、足が止まる。

中学三年生の六月の終わりに初めて会話し、やがて学校は夏休みに入ったけれど、美羽は図書館に通った。冬月も来ていた。ふたりは給水塔の近くのベンチに座って、冬月が持ってきた駄菓子を食べた。

「私は悪い子なんだ」

美羽はさりげない口調で言った。

「ん？」

「昔からよその子の家が羨ましくて。どうしてうちってこんなに貧乏なのかなって……。お母さん、あんなに頑張って働いてくれてるのに」

美羽はフッと自虐的に笑う。「そんなこと思うなんて、私は悪い子でしょ」

「悪い子なんかじゃないよ」

冬月はすぐに否定してくれた。

「冬月くんは、うちの子になりたい？」

「え……」

驚いた冬月の目が、一瞬泳いだ。

「うち部屋狭いし、本棚ないし、ソファもない。冬月くんち水槽ある？　うちは小さい金魚鉢が一つ」

美羽の話を冬月は黙って聞いている。

「ほら、私って意地悪」

「夏野はぜったい悪い子なんかじゃないから」

冬月が、きっぱりと美羽の目を見て言った。

「え……」

美羽の目に、涙がこみ上げてきた。でもこの涙をこぼしてはいけない。堪えていると、冬月が小さなお菓子の箱を差し出してきた。酢昆布だ。

「え、何?」

「五枚取って、一気に食べて。ハイ命令」

冬月はまず自分で酢昆布を五枚つかんで口に放り込んだ。

「ほら」

冬月の勢いに押され、美羽も仕方なく酢昆布を五枚つかんで口に入れた。

「……すっぱ!」

「な、すっぱすぎて涙出るだろ!」

「ほんと涙出てきたぁ!」

美羽は本物の涙をごまかしながら、泣き笑いの表情を浮かべた。そんな美羽を、冬月はいつもの笑顔で見つめていた。

バス停にぼんやり立っていると『城東団地経由』のバスが来て停車した。乗ろうとして一歩前に出ると、ドアが開いた。踏み出そうとして、ハッと足を止めた。

「乗りますか?」

運転手が問いかけてくる。

「いえ……すみません」

美羽が身を引くとバスのドアは閉まり、発車した。美羽はバス停に背を向け、歩き出した。

——あの頃みたいに、彼が助けてくれるわけじゃない。

冬月は図書館の閲覧室のいつもの席に座って調べ物をしていた。ふと視線を上げ、館内を見渡して美羽の姿を探してしまう。でも美羽の姿はどこにもなかった。

用意しておいた夕食を、宏樹は無言で食べ終えた。

「もう一度、ちゃんと話せないかな」

美羽は宏樹が席を立つ前に、おそるおそる声をかけてみた。

「何?」

「子どものこと」

「またそれか」

宏樹は心底うんざりした表情だ。

「宏樹は、子どももまだいらないってこと？」

問いかけたけれど、宏樹は答えずに席を立とうとした。

「私、どうして仕事やめたの？」

美羽は畳みかけるように尋ねた。「家にいてほしいって、宏樹の希望だったよね？　子どもがいたほうが……今のまま、ふたりだけでずっと一緒なのは無理だと思う」

「どういう意味だよ」

「宏樹、仕事、すごく大変だと思う、それはわかってる。でも少しは考えてよ。本当にこのままでいいのかな」

「この生活が不満か？　美羽のお母さんの入院費も、借金の肩代わりもして、何不自由ない暮らし、できてるよな？」

「……それはすごく感謝してるよ、でも」

言いかけた美羽の言葉を遮って、宏樹が続ける。

「俺が悪いの？　美羽こそ仕事してる俺のこと考えたことある？　美羽さ、暇だから子ども欲しいんだろ？」

あまりにひどい言葉に、美羽はこれ以上話す気力がなくなった。

「ごめん、もういい」

「美羽、俺のこと見ていつも笑ってるだろ?」

「……なんで」

「外面ばっかりでみっともないか?」

「そう思ってるのは宏樹でしょ! 私はみっともないなんて思ったことないよ」

本心からそう言ったけれど、宏樹の心には届かなかったようだ。宏樹は無言でリビングを出ていった。


その後数日間、宏樹は美羽を避けるように生活していた。ある朝、宏樹を見送ってから、美羽は鳥かごの中を見た。

「空、飛びたい?」

問いかけると、チーちゃんは何も知らないというように首をかしげた。

それでも夕飯の支度はしないといけない。いつものように買い物に向かう途中、空を鳥の群れが飛んでいくのが見えた。渡り鳥だ。飛んでいく鳥たちを見送って視線を戻すと、道の先にあるバス停が目に入った。

いつの間にか、バスに乗って図書館に来ていた。あてどなく本棚の間を歩きながら、美羽の目は無意識に冬月の姿を探していた。ふと見ると、冬月が図書館職員の代表らしき女性と打ち合わせをしていた。

「困ったわね、品数足りる？」

職員に問いかけられた冬月は、考え込みながらも「仕方ないですね、できる範囲でやりましょう」と、答えている。

真剣に仕事に取り組んでいる冬月を見つけ、美羽は咄嗟《とっさ》にその場から立ち去った。

――ほんと、何してんだろ、私……。

美羽はぼんやりとバス停でバスを待っていた。

「夏野！」

冬月が走ってきた。信じられない思いでいると、美羽の目の前にスッと何かを差し出した。酢昆布だ。

「懐かしいでしょ、駄菓子屋で買った」

冬月がくしゃっと笑う。

「……冬月くん」

「ちょっと休憩。付き合ってよ」

「え」

戸惑う美羽にかまわず、冬月は給水塔近くのベンチに腰を下ろした。二十二年前と、同じベンチだ。

「すっぱー！」

ふたりは酢昆布を口に入れた瞬間、声を上げた。

「昔、五枚、一気に食べてたよね？」

美羽は冬月の横顔を見つめ、照れくさくなってすぐに視線を戻した。

「そんなバカやってたなぁ……」

冬月が美羽の横顔を見つめて言う。「何かあった？」

「何もないよ」

美羽はフッと笑った。冬月は昔から、鋭い。

「そっか」

冬月は酢昆布をまとめて口に入れた。「すっぱー！　うわ、ベタベタ」

「あーあ、使って」

美羽は鞄からハンカチを取り出して渡した。

「ありがとう、洗って返すよ」

「いいよ。次会えるか……あれだし」

美羽はつい、自分の気持ちに保険をかけるようなことを口にしてしまう。「そろそろ仕事戻らなきゃだよね？」

美羽の問いかけに答えず、冬月はハンカチを見つめていた。ハンカチの隅にはあじさいの刺繍がしてある。

「そうだ！　ちょっと助けてほしいんだけど」

翌日、美羽は真琴が開いた雑貨店『ねこやなぎ』のカフェスペースで冬月に頼まれた栞をつくり始めた。小さな布に、刺繍を施していく。

「わぁー、きれいな糸」

真琴が美羽の手元をのぞき込み、声を上げた。

「アフリカの糸なんだって。珍しいよね」

「それ、売ったりするんですか？」

コーヒーを持ってきた大学生ぐらいの男の子が尋ねてきた。

「あ、バイトで入ったしんちゃんです。ありがとう」

真琴が殿山《とのやま》新之助《しんのすけ》を美羽に紹介した。

「フリーマーケットの手伝いでね、商品づくり、頼まれて」

「素敵だなー。うちの店にも置いてほしいー」

真琴の言葉に美羽はほほ笑んだ。ひとつ目の栞を完成させ、次の刺繍に取りかかろうとして、美羽はふとあることを思いついた。


週明けの月曜日、美羽は図書館に完成した作品を持ってきた。先日、冬月と打ち合わせをしていた職員の辻村佳代子《つじむらかよこ》を訪ね、多目的室で完成した栞を渡した。

「残りは当日までに持ってきます」

「ありがとう！　助かるわ」

辻村に会釈をして帰ろうとすると、多目的室の外に冬月の姿が見えた。

「冬月くん」

「お！　ごめんな、いろいろ頼んじゃって」

「ううん、誘ってくれてありがとう」

美羽は鞄からつくった刺繍の栞を差し出した。

「あの……これ、あげる。えっと、酢昆布と……あと、楽しいことに誘ってくれたお礼」

「え、いいの？　きれいだね。ありがとう」

冬月は嬉しそうに、手の中の栞を眺めている。一羽の鳥が、美しい羽根を咥《くわ》えている柄だ。

「俺さ、フリーマーケットが日本での最後の仕事なんだ」

「えっ！　いつ、向こうに行くの？」

「フリーマーケットの翌日」

「……そっか」

せっかく再会したのに、もうすぐ会えなくなる。美羽は動揺を隠してほほ笑んだ。

美羽が帰った後、冬月は人けのない書架で、本を探した。先ほど美羽から渡された栞を見ていて、あることを思い出したのだ。端から順に本を取り出し、ぱらぱらとページをめくっていった。


フリーマーケット前日、冬月は自身の会社でアフリカの学校建設プロジェクトについて最終打ち合わせをしていた。プロジェクターには、スケジュールや現地の状況が映し出されていた。

「会社の譲渡は無事に終わったから、これで心置きなく現地に行けるな」

冬月と同世代のメンバー、下原健太《しもはらけんた》が言った。

「ちょっとはコッチ手伝ってよ。明後日出発だよ。なんで、この忙しいときにフリマなんて」

やはり同世代の水木莉紗《みずきりさ》が、口を尖《とが》らせて冬月を見る。

「これも大事な仕事」

「出発準備は莉紗だけで大丈夫だろ」

下原が言うと、莉紗はわざとらしく大きなため息をついた。

冬月はふと、美羽にもらった刺繍の栞を見つめた。

「何それ」

「いいだろ？　お守り」

「えー、似合わない」

「本とか読めんの？」

「うるさっ」

ふたりにイジられて、冬月は唇を尖らせた。


風呂から上がってリビングに入ってきた宏樹は、美羽の鞄の中にフリーマーケットの資料やチラシが入っているのを見つけた。なんだろうと気になり、なんの気なしにチラシを取り出す。日付は明日だ。見ていると、美羽がリビングに入ってきた。宏樹はチラシをサッと戻した。

「明日ゴルフだよね？　帰りは何時？」

「十八時頃。どっか出かけるの？」

「……え、いや」

美羽の目が泳いだ。

「買い物か。行くならちゃんと言っておいて」

「ごめん」

宏樹はため息をつき、缶ビールを開けた。


翌日は快晴で、図書館前の広場はフリーマーケットにやってきた老若男女で賑わっていた。美羽も辻村を手伝い、店を切り盛りしていたが、ひっきりなしに客が来て大忙しだ。客足が落ち着いたところで、美羽は冬月の姿を探した。

冬月は運営の仕事をしながらも、来場中の子どもたちに懐かれ、一緒にガーランドづくりをしている。ふと視線が合ったので、美羽はほほ笑みかけた。冬月も頑張っている様子の美羽を励ますように笑みを返してくる。そこに客が来たので美羽は向き直り、商品の説明を始めた。

その様子を冬月が優しく見つめていた。

ゴルフに行くと言って家を出た宏樹だが、結局キャンセルし、フリーマーケットにやってきた。美羽を探しながら、各店舗のブースを見て回っていると「コーヒーいかがですか？」と、声をかけられた。

「フェアトレードのコーヒー豆で淹れてます。どうぞ」

宏樹と同世代の男性がカップを差し出してきた。受け取って、一口飲んでみる。

「おいしい」

「ありがとうございます」

感じよく笑った男性の元に、別のスタッフがやってきて声をかけた。

「冬月、ピーストライドの人が来てるよ」

「わかった、すぐ行く」

男性は去り際に宏樹に「これ、よろしければ」と、フェアトレードを紹介するチラシを差し出した。受け取り、コーヒーを片手に店のほうに歩いていくと、視線の先にスタッフとして店にいる美羽がいた。いつになく生き生きとした笑顔で、客の子どもとやりとりしている。

声をかけようか迷ったけれど、いたたまれなくて、近づけなかった。あんなふうに笑う美羽を見るのは久しぶりだ。家で浮かべている貼りついた笑顔とは全然違う。宏樹はそのまま立ち去った。

フリーマーケットが終わり、美羽は冬月と並んでベンチに座っていた。広場はすっかりがらんとしている。

「あー、終わっちゃったー。すごく楽しかったなぁ、自分がつくったもの売ったりするの初めてだったから」

「よかった」

「楽しいと、終わるのあっという間だね」

寂しくて仕方がない。だけど湿っぽくならないように、美羽は明るく言った。

「そうだね」

冬月は短く、うなずいた。

「……明日、何時の便？」

「……十三時」

二十四時間も経たないうちに、冬月は日本を発ってしまう。せっかく再会できたのに、本当にあっという間だった。美羽は無言でうつむいた。

「昔、あの給水塔の下で……いつも通り別れて、そのまま会えなくなったでしょ」

冬月が突然切り出し、美羽は「え」と、顔を上げた。


二〇〇一年、九月半ば——。

真夏に比べてだいぶ日が短くなった。ふたりが五時に図書館を出ると、もう日が暮れかかっていた。

「じゃあね～」

冬月はいつも通り、角を曲がっていった。美羽はその背中をしばらく見つめていた。

「冬月くん！」

声をかけると、冬月が「ん？」と振り返った。

「……さようなら」

「うん、また明日ね」

遠ざかっていく冬月を、美羽は悲しげな顔で見送っていた。

「あれが最後だって知らなかったから……今度はちゃんとさよならが言えてよかった」

冬月は美羽を見つめて言った。全然変わっていないと思っていたけれど、その表情はやはり大人の男性の顔だ。

「うん、私も」

「夏野は今、幸せ？」

予想外の質問に、一瞬、間が空いてしまった。

「……幸せだよ……え、なんで？」

美羽は首をかしげて冬月を見た。冬月の切れ長の瞳に、自分が映っている。

「男にとって初恋の人ってずっと特別だから！」

冬月は照れくさそうに笑った。

「初恋？」

「俺にとっては、夏野は特別だったから……」

冬月の言葉に、胸が締めつけられる。美羽にとっても、冬月は特別だった。

冬月が立ち上がる。

「ありがとう……元気で」

「元気で」

美羽は思いを振り切るように立ち上がり、笑って手を振った。笑顔をつくるのは得意だ。美羽は振り返ることなく歩き続けた。もう笑えなかった。唇をぎゅっと噛みしめ、涙を堪えながら、早足でバス停を目指した。


もっと帰りが遅くなると思っていたのに、帰宅すると宏樹がいた。すぐ支度すると謝り、美羽は慌ただしくキッチンに立った。宏樹はソファに座って美羽を見ている。と、宏樹が立ち上がる気配がした。また何か言われるのかとビクリとしてしまう。だが予想に反して、宏樹は美羽を背後から抱きしめた。

「ごめんな、最近」

耳元で、優しく囁《ささや》く。

「え？」

美羽は反射的に宏樹の腕から逃れた。

「そういえば、マンションの会合があるんだけど、アンケート書いてほしいんだよね」

取り繕うように言って宏樹と向き合うと、今度は強引に抱きしめてきた。

「どうしたの？　酔ってるの？」

尋ねても返事はせず、宏樹はいきなり唇を重ねようとする。

「え……待って、ちょっと」

戸惑う美羽にはかまわずに、宏樹は無理やり、美羽にキスをした。顔を背けようとしたけれど、抗えない。そのまま強く抱きしめられ、寝室へと連れていかれた。

「宏樹、ごめん、ちょっと待って」

何度も制止しようとしたものの力ではかなわず、ベッドに押し倒された。

「宏樹、ごめん、待って。お願い、やめて」

今日はとてもじゃないけれど、そういう気持ちにはなれない。どんどん冷めていくのに、こんなにも拒絶しているのに、宏樹はやめてくれなかった。


白々と夜が明けていく。美羽はリビングのソファに座って、ぼんやりと窓の外を見ていた。

結局あのまま、宏樹に抱かれた。でも、心も体も反応しなかった。眠れないままベッドを抜け出した。


バタン。玄関のドアが閉まる音で、宏樹は目を覚ました。時計を見るとまだ六時前だ。美羽はどこに行ったのだろう。あのフリーマーケットでの笑顔。宏樹の知らない美羽がいるようだった。それが宏樹にはどうしても耐えられなかった。


朝日が昇り、空は明るくなってきた。美羽は早朝の街を、当てもなくふらふらと歩いていた。そこに、始発のバスが滑り込んできた。美羽は吸い込まれるようにバスに乗った。

木立を抜け、図書館の前にやってきた。もちろんまだ開いていないし、あたりには誰もいない。静かな朝だ。でも、どこからか音がする。図書館の裏手だ。のぞいてみると、冬月が裏口を開けようとしていた。

「冬月くん!?」

声をかけると、冬月はビクリとしてドアから手を離した。

「うわっ! 夏野!?」

「何してるの？」

「探し物があって」

冬月がもう一度ガチャガチャ動かすと、ドアが開いた。

「ここ鍵壊れてる」

冬月はいたずらっぽく笑った。

「ちょっと……捕まるよ」

「捕まるのは夏野だけかも。俺、もう今日中に日本いないから」

「冬月くん！」

「シッ！」

冬月は指を唇に当て、中に入っていくと、「こっちこっち」と手招きをする。美羽は迷いつつ、後に続いた。


朝の静かな図書館で、冬月は本棚を巡り、古い本を一冊ずつ開いていった。全ページをめくって何かを確認しては本棚に戻し、また次の本を取り出す。

「何探してるの？」

「宝物」

「え？」

「栞だよ」

「この前あげたやつ？」

冬月は美羽から離れて反対側の本棚を探し始めた。

「違う。この辺だったはずなんだ、誰も読まないような分厚い本に入れたんだよ」

「昔、挟んだの？」

本棚越しに、尋ねると「そう」と答えが返ってきた。美羽も手あたり次第、本を開いていった。

「ちゃんと探してる？　おーい、サボるなー？」

冬月が美羽のいるほうに移動してきた。しゃがみ込んで一番下の段を見ていた美羽は、しばらく動けずにいた。

「あった！　これだよこれ！」

冬月が声を上げて近づいてくる。

「嘘……これ私の栞だよね。なんで？」

開いた本に古くなった栞が挟まっていた。中学生の頃、美羽が鳥の刺繍をした栞だ。

「盗んだ」

冬月は悪びれる様子もなく笑っている。

「えっ、ひど！」

「隠してさ。宝探しゲームしようと思って」

そう言われ、美羽は黙った。

「そうしたら夏野と会えなくなったから、そのまま」

ふたりは、古い栞を見つめていた。

「絶対にまだあると思った」

冬月は「はい」と、美羽に栞を渡した。

「……え……」

「どうした？　夏野？」

問いかけられても、喉の奥が詰まったように、言葉が出てこない。

「夏野？」

「やめて……その声、ダメ……。冬月くんが……私を呼ぶその声さ、なんか、いちいち目を覚ましてくれるんだよね……ダメなの、なんか」

中学生の頃からそうだった。冬月の声は優しくて、いつの間にか傷ついていた美羽の心を温めてくれる。

「冬月くんと会って、心がちゃんと動くようになって。自分がどんなに傷ついてたか……本当は今までずっと痛かったんだって、気づかされちゃって……」

「たぶん、夏野は宝物をなくしてたんだよ」

冬月の言葉に、美羽は手にしていた栞を握りしめた。

「宝物が心にちゃんとしまってあると、ちゃんと心が動いて、痛がったり、喜んだりできるんだ」

「冬月くんと会ってから、ずっと心が痛いよ」

今もズキズキと痛んで仕方ない。

「助けて」

美羽は訴えるように冬月の顔を見た。途端にずっと我慢していた涙が溢れてしまった。次の瞬間、美羽は冬月に強く抱きしめられた。

窓から朝日が射し込むなか、ふたりは唇を重ねた。優しい光が、そんなふたりを包んでいた。


美羽は冬月のマンションにいた。冬月は美羽を見つめ、優しく抱きしめ、キスをした。壊れ物を扱うようにそっと美羽をベッドに横たえる。ふたりはしばらく見つめ合い、冬月は再び美羽にキスをした。その唇が首筋へと下りていき……美羽は幸福感に心を震わせながら、冬月の手をぎゅっと握りしめた。

朝日を浴びながら、きらめく冬月の髪の色をいつまでも憶えていよう。この瞬間を胸に刻んでおこう。そう思いながら、目を閉じた。

美羽は冬月の腕の中にいた。

「これは返すよ、夏野が持ってて」

冬月はベッドサイドに手を伸ばし、古いほうの栞を取って美羽に手渡した。冬月の声が、密着した肌越しに聞こえる。

「こっちは俺が持っていく」

この前渡した、鳥が羽根を咥えている柄の栞だ。

「プロジェクトが軌道に乗ったら一度帰国する。迎えに行くから、待ってて」

冬月の言葉に、美羽はこくりとうなずいた。

「いっぱい話したいことがあるんだ。夏野のおかげで今の自分があるから」

「え……」

美羽はすぐ近くにいる冬月の顔を見た。


あれから二週間が経った。九月になっても、まだ暑い日が続いている。週明けの朝、宏樹を送り出してからタブレットで調べ物をしていると、スマホが鳴った。冬月からのメッセージだ。

『無事にプレ開校出来たよ。まだ2週間だけど、現地の皆とも仲良くなれそう』

そんなメッセージと共に、冬月が現地の子どもたちと笑っている写真が届いていた。心が躍ってしまう。

「そんな目で見ないで」

じっと見ているチーちゃんのつぶらな瞳から目を逸らし、メッセージの画面を閉じた。美羽はあの日以来ずっと『円満離婚』などのワードで検索を繰り返している。

ピピピピ……キッチンのタイマーが鳴った。仕込んでいた鍋の蓋を開けると、吐き気がこみ上げてきた。ウッと口元を押さえながら、美羽はもしかして、と青ざめた。

その夜、美羽と宏樹は無言で向かい合い、夕飯を食べていた。ビールを取るために立ち上がって冷蔵庫に行き、宏樹に背を向けたまま、自分のお腹に手を当てた。

この日の午後、産婦人科に行った。

「妊娠してますね、四週目から五週目です」

医師から妊娠を告げられた。超音波検査のエコー写真を見せられ、美羽は血の気が引いていくのを感じた。

宏樹にはまだ何も告げていない。深夜、宏樹が眠ってから、美羽はスマホの検索画面に『出生前ＤＮＡ鑑定』と打ち込んだ。

十月初めのある日の午後、美羽は客が少ない小さな喫茶店に入った。鞄からＤＮＡ鑑定の結果が入った封筒を取り出して中を開けようとしたけれど、手が震えてしまう。緊張を抑え、意を決して結果通知書を取り出したとき、店内のテレビが緊急ニュースを伝えた。反射的に画面を見ると、アフリカのテロのニュースだった。

『……アフリカ西部メビリノ共和国ジャイメロール中心部のショッピングモールで四日、爆発がありました。現地メディアによりますと、これまでに少なくとも二十五人の死亡が確認され、およそ八十人が負傷しました……』

アフリカで大規模なテロが発生したとニュースキャスターが報じている。このテロにより日本人数名が死亡したと発表され、犠牲者リストの中にフユツキリョウの名前があった。

え……。

全身の力が抜け、美羽の手からＤＮＡ鑑定の結果通知書がするりと落ちた。

喫茶店を出ると、初秋の夕方の空は薄暗くなっていた。どんよりと重たい雨雲が空に広がり、やがて大粒の雨が降りだした。

美羽は雨に打たれながら、ずぶ濡れのまま歩いた。とめどなく溢れる涙が雨に流されていく。冬月がいないのなら、自分もいっそこのまま消えてしまいたかった。

だが美羽はふと立ち止まり、お腹に触れた。

――気のせいかもしれない。でも、お腹の中で脈打つ何かを感じた。生きたい、と私に伝えているこの子の鼓動が、私には聞こえていた。

そして、中学三年生の頃、受験勉強の手を休めて開いた『鳥類図鑑』のあるページを思い出していた。カッコウの生態を載せたページには「托卵」の習性が記されていた。「托卵」は動物の習性のひとつで、カッコウなどの鳥類はほかの鳥の巣に卵を産みつけ、その鳥に孵化したひな鳥を育てさせるという。

美羽は雨の中、再び歩き始めた。

先ほど見たDNA鑑定の結果は『胎児と神崎宏樹とのDNA一致率は0%。胎児の生物学的父親ではない』とあった。宏樹の子ではない。冬月の子だ。

――そして何よりも、この子を産みたいという私の声が。

家に着くと、もう夜だった。いったいどこを歩いていたのか、何をしていたのか、美羽には記憶がなかった。

「こんな時間まで何……」

ずぶ濡れのままリビングに入っていく。帰宅していた宏樹は美羽をとがめようとしたが、美羽のただならぬ様子に驚いていた。宏樹は美羽に何度か電話を入れていたという。美羽は宏樹に答えることなく、静かに椅子に座った。そんな美羽の姿に、宏樹は明らかに気圧《けお》されている。

「……大丈夫か?」

宏樹はタオルを取ってきて、美羽の濡れた髪を拭き始めた。

「赤ちゃんができたの」

美羽は宏樹の顔を見ずに告げた。

「え?」

「妊娠したよ」

美羽は鞄からエコー写真を取り出し、宏樹に手渡した。宏樹は訝《いぶか》しげな表情を浮かべながら、エコー写真を見た。白黒の画面には、まだ人間とも判別できないような、小さな丸い黒い影が映っている。

宏樹は戸惑いながら美羽のほうを見て、言葉を待っていた。

――それが許されないことだとしても。

美羽はゆっくりと顔を上げた。

「あなたの子よ」

美羽は強い意志を込めて宏樹を見据えた。宏樹はごくりと息を呑んだ。

――私は悪い女。

2

花屋に入ると「いらっしゃいませ」と店員に声をかけられ、美羽は精いっぱい明るく会釈してみせた。色とりどりの花々を眺め、そのなかから美羽はプリザーブドフラワーを購入し、かずみが入院している病院に向かった。

二〇二三年十月。街はだいぶ秋めいてきて、歩いていても心地いい。

「何かあった？」

病室に着いてプリザーブドフラワーを飾っていると、かずみに声をかけられた。

「え？」

「どうしたの？」

かずみは真剣な表情で尋ねてくる。

「母親はね、娘の顔見ればわかるのよ、何かあったでしょ」

「何言ってんの……何もないよ」

美羽は咄嗟に否定した。廊下ですれ違う病院の職員たちににこやかに挨拶をし、笑顔を絶やさぬまま病室に入ってきたのに、なぜわかるのだろう。

「お茶でも買ってくるね」

ごまかすように明るい口調で言い、病室を出た。

――普通に笑って、子どもができたよって言えればいいのに。


終業時間後、宏樹はがらんとしたフロアにひとり残って仕事をしていた。パソコンのキーボードを黙々と叩いて資料をつくりながら、チラッと腕時計を見た。もう十時を過ぎている。一瞬手を止め、仕事を終えようか迷った。でも腰が上がらない。

大きなため息をつき、机の上のいらない書類をくしゃくしゃに丸めて、足元にあるゴミ箱に投げ捨てた。

十日前、妊娠したと美羽に告げられた。

思い当たるのは、八月のフリーマーケットで美羽の楽しそうな笑顔を見かけた夜しかない。あのとき、美羽は激しく抵抗していた。

宏樹は一点を見つめていた。そして机の上にある書類を手当たり次第、乱暴に丸めてゴミ箱に捨てていった。

日付が変わった。でも、宏樹は帰ってこない。美羽は、父親の欄が空白の母子手帳を見つめていた。

――本当にこんなことで、一生嘘をつき続けることなんて私にできる？

考えていると、玄関の鍵を開ける音がして、宏樹がリビングに入ってきた。

「おかえりなさい。お腹減ってない？」

「別に」

宏樹は鞄からノートパソコンや仕事のファイルなどを取り出している。

「……まだ仕事なんだね」

「何？　なんか話したいことでもあんの？」

「ううん」

「早く寝たら？」

宏樹は洗面所に向かい、美羽はリビングにひとり残された。

――話したいこと？　この子はあなたの子じゃないです。

翌朝、宏樹は書斎の机の上に広げたノートパソコンや書類を鞄にしまった。そして、鞄の奥から使い古されたハンドタオルを取り出して見つめた。そしてタオルを畳み直し、もう一度鞄の奥にしまう。そのタイミングで、インターホンが鳴った。美羽がバタバタと出ていく音が聞こえてくる。

「朝からホントごめんなさい」

「いいよいいよ、あがって」

玄関から、真琴と美羽の声が聞こえてきた。宏樹は用意されていたハンカチをポケットにしまってジャケットを羽織り、リビングへ向かった。

「ホントにすみません！　朝から押しかけちゃって」

目が合うと、真琴は宏樹に頭を下げた。

「いえいえ。あ、お店よかったね」

宏樹は得意の営業スマイルを浮かべた。

「ありがとうございます！　絶対来てくださいね！　ほら、幸太、宏樹さんにご挨拶は？」

真琴は自分の後ろに隠れている幸太を促した。

「おはよう」

宏樹は笑みを浮かべ、幸太に声をかけた。

「ほら、おはようございます、でしょ？　スーツイケメンに緊張しちゃったかな？　ハハ、それ私か」

真琴は以前から宏樹のファンだと公言している。

「じゃあ、ゆっくりしてって」

「ありがとうございます、いってらっしゃい！」満面の笑みで真琴が言う。

宏樹が玄関で靴を履いていると、美羽が出てきた。

「……なんか、ごめんね」

どう応《こた》えていいかわからず、宏樹は無言で玄関を出た。

「いってらっしゃい……」

美羽の声が背中で聞こえたが、もちろん振り返ることはなかった。


美羽は真琴たちが待っているリビングに戻った。

「いってらっしゃいを推しに毎日言える幸せ……」

冗談めかして言う真琴に、今の美羽は笑う気力もない。

「何言ってんの、それよりお父さんどうしたの!?」

「すみません。腰やっちゃって病院付き添ってくるんで、午前中だけお願いします」

今朝電話があり、真琴が病院に父親を連れていく間、幸太を預かる約束をした。

「うん、大丈夫。幸太くん、何して遊ぼっか？」

美羽は安心させるようににっこりと笑い、幸太の手を握った。

美羽のマンションを出てバス停に向かっていた真琴は、途中の道で座り込んでいるビジネスマンを見つけた。木陰で胸に手を当て、息を整えている。宏樹だ。

「あれ……」

どうしたんだろうと思いつつ、なんとなく声をかけることができなかった。


午前中、宏樹は所属するベンチャー投資室の会議に出ていた。第一チームの案件の資料がモニターに映し出されており、上司の真鍋《まなべ》修一《しゅういち》が宏樹ら社員十数名を前に話している。

「二件のIPO達成だな、時価総額も六〇〇億の目標を超えた」

真鍋が言うと、社員たちは「おぉぉぉ」と声を上げ、拍手した。

「神崎さんのおかげですね」

隣の席の篠崎が、囁きかけてくる。

「みんなのおかげだよ」

振り返ってそう答えた。

「篠崎、おまえの案件は長期間レイトステージから抜け出せてないな」

真鍋が篠崎を目で指した。

「あの、篠崎は、今回はノルマ達成より、サポートに回ってもらっていたので」

宏樹は咄嗟に篠崎をかばった。

「おまえがサポートして全員にゴール決めさせろ。目標なんて達成して当たり前なんだよ」

「すみません」

「喜んでる場合か？　まともに部下の面倒も見れないで」

「はい……」

「ほかは仕事戻っていいよ。神崎は後で俺のところに来い」

真鍋は宏樹を呼びつけた。


憂鬱な気持ちを抱えながら休憩スペースに行くと、篠崎と木下がいた。

「神崎さんって要領悪いよな、あんなこと言うから部長に目つけられるんだよ」

篠崎は背後に宏樹がいることに気づいていないようだ。

「先輩かばったんでしょ」

木下が言う。

「パワハラびびって、やたら俺らに優しいからな、今の時代は部下を大事にしなきゃ」

「残業も代わってもらえますしね」

「あぁゆう上司がいると便利だよなー」

「ひどいっすねー」

ふたりが馬鹿にしたように笑うのが聞こえ、宏樹はそのまま踵を返した。


美羽は幸太が持参した車のおもちゃで遊んでいた。

『四日、メリビノ共和国で発生した自爆テロの被害状況は、さらに拡大されています……』

つけっぱなしにしていたテレビからアフリカのテロの続報が聞こえてきて、ビクリとして視線を上げた。でも聞きたくない。美羽はリモコンを手にしてテレビを消した。

バサッと音がしたので振り返ると、幸太が美羽の鞄をひっくり返していた。

「あぁぁ幸太くん!」

幸太が散乱した鞄の中身から、栞を手に取った。

「これ、ほしい! きれい!」

「これはダメなの、えっと、そうだ。幸太くんには別のつくってあげるね」

慌てて幸太の手から栞を受け取った。

「カエルがいい!」

「カエルね、じゃあ、図鑑見よ!」

「うん！」

幸太は自分のリュックから先日持ってきた『いきものずかん』を取り出した。カエルを探してページをめくっている幸太の真剣な横顔から、手元の栞に視線を移した。

「迎えに行くから待ってて」と約束した冬月の声を思い出して、切なくなる。


——本当にもう会えないの？


午後、宏樹は取引先に向かっていた。嫌な汗をかきながら歩いていると、スマホが鳴った。取引先からだ。

「はい。虎ノ門ですよね、あと三十分で……よろしくお願いします」

電話を切ると、また胸が苦しくなってきた。深く息を吸い込み、呼吸を整える。

「逃げちゃえば？」

近くで声が聞こえ、そちらを見ると、喫茶店の店先を掃除している男性と目が合った。

「な、逃げちゃえ」

五十代半ばぐらいだろうか。アロハシャツに短パン姿でパッと顔をほころばせる。

「すっごい顔してるからさ」

と、人懐っこい笑顔で近づいてくる。

「虎ノ門まではタクシーなら五分。十五分くらい逃げたってどうってことない。コーヒー飲んでいったら? ホッとするよ」

男性は『TOCA』という喫茶店を指した。


こぢんまりとした店内に、客は宏樹だけだった。淹れてくれたコーヒーの味わい深さとは対照的に、浅岡忠行《あさおかただゆき》というマスターはさっきからひとりで話し続けている。

「昨日さ。どっかでぶつけて、こんなでっけぇ青タン、尻のここんとこにできてて。どこでぶつけたかわかんないんだけど、昨日おねぇちゃんに言われて気づいて、ハハハ、ちょっと見てみる?」

「いいです」

「こういうのって自分では気づかないもんだよなー、人から言われるまで気づかない」

「……そういうの、言われた途端、痛みだしますよね」

宏樹はしみじみうなずいた。

「そう! ほっとけばそのうち治るけどなー。でも、治んない青タンもあるよな。あんたも、ここに、そういうのいっぱいつくるタイプだろ?」

浅岡は自分の心臓あたりをポンポンと叩く。

「……さっき、逃げちゃえばって言いましたよね?」

宏樹はコーヒーカップを見つめながら言った。

「あー、あれね、サラリーマンに効くんだよなぁ。客寄せの殺し文句、ごめんね」

シレッと言う浅岡がおかしくて、宏樹はフッと力を抜いて笑った。

「効きました」

「あんた、会社サボったりしたことなさそうだもんな」

「この前、初めて……」

「あんのかよ」

浅岡が意外そうに言う。

「朝、いつも通り出勤したんです」


三カ月前、七月の終わりのことだった。会社に向かっている途中、オフィス街の交差点で信号を待っていると、鞄を持っていた両手にポタポタと雫が垂れてきた。涙だった。気づかぬうちに、泣いていた。

慌てて近くの高架下に隠れ、涙を拭った。息を整え、鞄からハンドタオルを取り出してぎゅっと握りしめた。そのまま近くの公園のベンチに座り込み、その日は休んでしまった。

「自分でも意味がわからなくて……」

ベンチでスマホを取り出し、ネットで『メンタルクリニック』と打ち込み、検索していた。どれくらいそうしていただろう。結局スマホをしまい、フラフラと公園を出て、ひとりで居酒屋に入った。

「そういう酒は、あんまりうまくないよな」

浅岡はしんみりと言った。

「全然酔えなくて、諦めて帰りました」

「そんなに家帰るの嫌か？」

「妻が毎日笑顔で俺の機嫌を取るんです。なんか笑われてるみたいで……そんなつもりじゃないのはわかってるんですけど」

あの晩、美羽はいつものように笑顔で宏樹を出迎えた。笑顔を顔に貼りつかせたまま、おどおどと話したいことがあると言ってきた。その態度に余計に腹が立ち、結局、美羽に「笑うなよ」と苛立ちをぶつけた。

「それで次の日の朝に、子どもつくりたいって言われました」

「あんた、めちゃくちゃやることあるな」

浅岡が笑い飛ばしてくれたので、宏樹も苦笑いを浮かべた。そしてコーヒーを飲み干した。

「おいしかったです、ごちそうさまでした」

「何分経ったと思う？」

「え？」

「たったコーヒー一杯、たった十五分。人間ってそれだけで青タン一個くらい消せるんだぜ」

浅岡の言う通り、ほんの少しだけ心が軽くなっていた。


美羽は夕方、図書館に辻村を訪ねた。

「……冬月さんのフェアトレードの会社に行ってみたんですけど、誰もいなくて」

ここへ来る前に冬月の会社を調べて訪ねたが、誰もいなかった。

「ほかの人に譲渡するって言ってたからねぇ」

「ほかに連絡取れそうな方ご存じないですか？」

「私も会社しか知らないのよね」

辻村は無念そうに唇を噛んだ。美羽は、自分は冬月のことを何も知らないのだと思い知らされた。


冬月たちと共にテロの現場に居合わせた莉紗は、野戦病院のような医療施設で、力なくベンチに座っていた。

十日前の十月三日、テロが起こった。冬月と下原が重傷を負い、運ばれていった。幸い怪我だけで済んだ莉紗は混乱のなか、この医療施設に駆け込んできた。

「Excuse me. Where are there any injured Japanese?（すみません、負傷した日本人はどこにいますか?）」

近くにいた医療スタッフをつかまえて、尋ねた。

「Ask at the office!（事務所で聞いてくれ!）」

スタッフは足を止めず、慌ただしく走っていった。莉紗は事務所に向かい、別のスタッフに尋ねた。

「One person is still receiving treatment and is allowed no visitors. But the other one……（ひとりは現在治療中で会える状況ではありません。もうひとりは……）」

テーブルの上には、ボロボロになった身分証、ちぎれた服、履いていた靴一足、被っていた帽子の切れ端などが並んでいた。そのなかにはきれいな羽根の刺繍を施された栞もあった。

「His body was transported to morgue. But it was severely damaged.（遺体は安置所に搬送しました。でも遺体の損傷は激しくて……）」

莉紗は泥まみれの身分証を手に取った。無残に破れた冬月の顔写真を見て、莉紗は床に崩れ落ち、泣き叫んだ。

美羽はひとり、図書館の閲覧席に座っていた。二十二年前に勉強していた席だ。その背後にはいつも冬月が座っていた。美羽は鞄から鳥の刺繍の栞を取り出した。

——あの日と同じ。この街を出ていった日……。


中学三年生の二学期が始まったばかりだった、二〇〇一年の九月半ば。

「面白い遊び考えたんだ」

冬月が背中越しに声をかけてきた。

「やらない？　宝探しゲーム」

「やらない」

「えぇー」


——お別れを言いたくなかった。

あの日も、いつものように冬月は「じゃあね～」と角を曲がっていった。その背中を一度呼び止めると、冬月が振り返った。続く言葉を待つ冬月に「さよなら」と返すのが精いっぱいだった。「また明日ね」と言って冬月が遠ざかっていくのを、ぎゅっとこぶしを握りしめながら、見送っていた。

美羽は夕方の空にそびえ立つ給水塔の下で立ち尽くしていた。十五歳の美羽は「さよなら」しか言えなかった。でも今は……。

——さよならなんて言いたくない……。

ずっと我慢していた涙がこぼれ落ちた。もう二度と会えなくなってしまった深い悲しみが込み上げて……。

美羽は声を殺して、静かに泣いた。

十月の終わり、美羽は産婦人科で妊娠十二週目の検診を受けていた。

「ここからここまでが、赤ちゃんの頭からお尻までですね。順調に成長してますよ」

ベッドに横になったまま、美羽はエコー画像を見ていた。

「心拍も一分間に一七〇回のペースでしっかり動いてますね」

医師がモニターに映る心拍の波動を美羽に見せる。

「心拍……」

「ちゃんとトクトクって。見えますか？」

その小さな心臓の動きに感激し、美羽は涙ぐんだ。冬月はいなくなってしまったけれど、ここに、新しい命が宿っている。


――彼の子が、ちゃんと、ここに生きてる。


「おめでとうございます！　めでたいめでたい！」

検診の帰りに『ねこやなぎ』に寄り、妊娠を報告すると、真琴は目を丸くして喜び、抱きついてきた。

「ありがと……」

「あれ、どうしたんですか？　あー、初産だし……そりゃ不安のほうが大きいですよね」

真琴の言葉に、美羽は笑顔をつくる。

「……でも喜んでくれて嬉しいよ」

「宏樹さんも大喜びだったんじゃないですか？」

「まぁ、どうだろ」

「男はまだまだ実感ないからポカンとしてますよね！　座ってください！」

「おめでとうございます、サービスです！」

殿山が悪気なくコーヒーを持ってきた。

「ね、男って何もわかってないでしょ！　美羽さんにはデカフェにして！」

妊婦にはカフェインはよくないと知らなかったらしい。真琴に却下され、殿山はしゅんとしている。


「育児しながらお店も始めるなんてすごいな」

美羽は改めて店内を見回した。

「やっぱり大変ですけどね。でも、あの子のためならなんでもできちゃうんですよね」

真琴はカフェスペースの隅で、殿山に遊んでもらっている幸太を見た。

「尊敬する」

「美羽さんの下でいつもベソかいて残業してた私が嘘みたいですよね」

真琴は、美羽の会社員時代の後輩だ。

「いや、残業丸投げされて泣かされてたの私だから」

「えー、そんなことありました？　けど、あのときに比べたら成長じゃないですか？」

「うん。ほんとにすごい」

「あの子のおかげです。すごいんですよ、母になるって。母って強いです。あの子を守るためなら……あの子さえいれば、どんな辛いことがあっても乗り越えられます」

自分もそうなれるだろうか。美羽はお腹の子どもを思った。


宏樹は部長室で真鍋と向かい合っていた。

「おまえに新規プロジェクトのリーダーの話が来てる」

「え？」

「かなり忙しくなるから、こっち優先で動け」

すぐに返事をしたいところだが、言葉が出てこない。宏樹の浮かない顔を見て、真鍋は語気を強める。

「やらないとかないからな？　上がおまえの名前出したんだよ」

真鍋に喝を入れられたが、今の宏樹にはどう答えていいかわからなかった。


一礼して会議室を出ると、ちょうど篠崎と木下が通りかかった。

「すごいですね、もう噂になってますよ。これだけのプロジェクトを仕切れる人、神崎さんしかいないですって」

「そんなことないって……」

ふたりのはやし立てる声に、宏樹は苦笑いを返すことしかできなかった。

真琴の店からの帰り道、かずみから電話がかかってきた。

『子犬の刺繍、完成しちゃったから、次来てくれるときに、何かもっと難しいの持ってきてくれない？』

「えー、難しいの大丈夫？」

母の声に、自然に美羽の声もはずむ。

『すぐ終わるとつまんないからさ』

「わかった。なんか持ってくよ」

『うん。じゃあ、ハイレベルなやつお願いね』

「あ、お母さん」

『ん？』

「ありがとね」

美羽は歩きながら、素直な気持ちを伝えた。

「お母さんはすごいなって思って」

『何よー、急に』

「ひとりで私のこと育ててくれて、すごいなぁって」

『……全然すごくないよ』

「すごいよ、お母さんは」

『どうしたの？　やっぱり何かあった？』

「真琴見てたらさ、ふと思って」

『何があったかはわからないけど、お母さんは何があっても美羽の味方だから』

「……ありがとう」

美羽は電話を切った。ひとりで子どもを育ててきたかずみと真琴の強さに触れて、自分もお腹の子のために、そうなれるだろうかと考える。


疲れ果てた宏樹が帰宅すると、もう十一時を過ぎていた。

今日もリビングで美羽が待っていた。最近は不自然な笑顔は浮かべていない。

「おかえりなさい」

「起きてなくていいって……」

「眠くなかっただけだから。おやすみ」

美羽がリビングを出ていった後、宏樹は棚の上に置かれた母子手帳に気づいた。開いてみると、母親の欄には美羽の字で《神崎美羽》と記入されているが、父親の欄は空白だ。

やはり、あんなことをした自分を父親として認めたくないのだろうか。宏樹は胃のあたりがさらに重くなるのを感じた。

数日後の昼下がり、宏樹は再び浅岡の喫茶店『TOCA』にやってきた。

「お、いらっしゃい」

「おかげさまで逃げ癖がつきました」

そう言って、前回と同じカウンター席に腰を下ろした。今日も客は宏樹だけだ。

「ハハハ、まんまとひっかかったな」

楽しそうに笑う浅岡とあれこれ話しながら、宏樹は子どもが生まれることを報告した。

誰かに話すのは初めてだ。

「おめでとう！　一杯やるか！」

浅岡は盛り上がっているが、宏樹はうつむいていた。

「嬉しくないのかよ？」

「喜んでないんですよ」

「ん？」

「……妻が」

「え、カミさん喜んでないの？　でも子ども欲しがってたんだろ？」

「あの顔見ればわかります」

あの日、美羽はずぶ濡れで帰ってきて、青ざめた表情で妊娠を報告した。あれ以来、無理に笑うこともやめたようだった。

「ちゃんとカミさんに聞いたか?」

浅岡に聞かれ、宏樹は黙り込んだ。

「夫婦でも聞かなきゃわかんないこともあるよ」

「俺が、妻に見えない青タンいっぱいつくってるんで」

「……殴ってんの?」

「それはないです。でも同じようなもんです。会社で上司とか部下にやられたこと、そのままストレスぶつけて……ダメだってわかってますけど……」

自分でもずっとわかっていた。でもやめられなかった。

「最低なんです。だから、子どもが生まれたら……子どもにもひどいことするかもしれません」

「まぁ、生まれてみなきゃわかんないとは思うけど」

浅岡は決してきれいごとを言わない。

「おまえさ、カミさんのことめっちゃ好きだろ」

「え……」

「顔に書いてある」

そう言うと、浅岡は笑顔を浮かべた。彫りの深い顔がくしゃっとほころぶ。

「本気で好きならちゃんと考えてやんなきゃ。離れるか、それとも、腹くくってしっかり父親やるか」

浅岡に言われたことを考えながら、宏樹は会計を済ませ、外に出た。ふと鞄からいつも持ち歩いているハンドタオルを取り出して、見つめた。


七年前、二〇一六年の春――。

宏樹は日々、さまざまな会社を走り回って営業していた。その日の午後も、とある企業にやってきたが、全身から汗が噴き出していた。腕まくりをして廊下で息を整えていると、「どうぞ」と声がした。振り返ると、この会社の女性社員がハンドタオルを差し出していた。

「え、でも」

借りていいものか、宏樹は戸惑った。

「サウナの後みたいになってますから」

女性は涼やかに笑った。

「どうも……」

ハンドタオルを受け取って汗を拭く宏樹を、女性は笑顔で見守っていた。それが美羽との出会いだった。

帰宅した美羽は、リビングで未記入の離婚届とDNA鑑定通知書を見つめていた。冬月がいなくても、ひとりでも、かずみや真琴のように強くなって、お腹の子を育てていきたい。そう意気込んで、美羽はペンを取り、離婚届に記入し始めた。

九時過ぎ、その日は比較的早く宏樹が帰宅した。

「おかえりなさい」

美羽は背を向けたまま宏樹を出迎える。宏樹は普段通り鞄を下ろし、書類やパソコンを取り出していく。

「……宏樹……大事な話があるの」

思い切って切り出したけれど、続く言葉がなかなか出てこない。

「何?」

「あのね」

言いかけたとき、テーブルの上に置いてあった美羽のスマホが鳴った。かずみの病院からだ。

「Are you related to the Japanese patient?（日本人の患者の関係者か？）」

「イエス」

同じ頃、医療スタッフに声をかけられ、莉紗は強くうなずいた。

「His condition changed suddenly.（容体が悪化した）」

スタッフに言われ、莉紗は病室に駆け込んだ。


五年前、二〇一八年の夏。莉紗は仕事でやらかしてしまった。大企業に出資してもらうはずが、契約直前で手のひらを返されたのだ。

「私が責任取ってやめる。でなきゃ、現地の人たちも納得してくれないでしょ」

莉紗は感情的になり、冬月と下原に言った。

「落ち着けって。たしかに大企業を信頼して進めたのはまずかったけど……」

下原が莉紗をなだめる。

「もう一度、話しに行こう」

冬月は言ってくれた。

「無理だよ。現地の人は、誰も私たちを信用してくれない」

「違う」

冬月が莉紗の肩をつかみ、目をじっと見据えた。その真剣な目に動揺してしまう。

「まず先に企業に話をしに行くんだ。彼らだって何か考えがあってのことだ。そこに解決の糸口があるかもしれないだろ」

冬月の真っすぐな目には、言いようのない説得力がある。

「全部それからだよ。何度でもゼロから始められる」

冬月は「な」と、莉紗の腕を軽く叩いた。莉紗はこくりとうなずいた。

「あと、簡単にやめるとか言うな、莉紗がいないとダメだ」

その言葉に、思わず頬がゆるんだ。

「俺は？」

下原が緊張感を解くように言う。

「おまえは……どっちかと言えばいないとダメだ」

「おい」

ふたりの掛け合いを見て、莉紗はフッと笑った。


病室では、患者のベッドの周りで医療スタッフたちが懸命に処置を施していた。

「下原！　下原！」

莉紗はベッドに走り寄り、目を見開いた。ベッドに横たわっていたのは下原ではなく、冬月だった。

病院に駆けつけると、かずみが心電図モニターや呼吸器をつけて眠っていた。容体が急変したとのことだったが、なんとか落ち着いたようだ。

「私は泊まっていくから、先に帰って」

美羽は、車を出してくれた宏樹に言った。

「わかった」

「車、気をつけてね。ありがとう」

そう言って別れようとしたが、ふいに宏樹が立ち止まる。

「あの、さっきの……いや、なんでもない」

何か言いたげなまま口を噤《つぐ》み、宏樹はそのまま出ていった。

翌朝、かずみは持ち直した。まだ体を起こすことはできないものの、会話も普通にできている。

「私、そろそろ行くね」

美羽は帰り支度をして、声をかけた。

「ごめんね。いつもあなたに迷惑ばかりかけて……」

「なーに言ってんの。寂しくなっちゃった？」

美羽はわざとふざけた口調で言った。

「……この前、ひとりで美羽を育ててきてすごいって、言ってくれたでしょ」

「うん」

「違うの。全然すごくない。いつも貧乏でたくさん苦労かけて、働きっぱなしでひとりぼっちにさせて、寂しい思いばっかり。それでも美羽は、辛いときでも笑って私を笑顔にしてくれたでしょ」

かずみに言われ、美羽は幼い頃から自分が必死で笑顔をつくっていたことを思い出した。

「でも本当は、もっと楽しいこととか嬉しいことで、美羽をいっぱい笑顔にさせてあげたかった……辛いの乗り越えるための笑顔じゃなくて……」

「お母さん……」

「私はあなたに何もしてあげられなかった」

「そんなことない……」

「私ね、ずっと怖かったの。私がいなくなったら、美羽をひとりぼっちにさせちゃう。そう思うとすごく怖かった……ひとりで死ぬのなんて平気。でも、子どもをひとりにするのは、ものすごく怖いの」

ひとりで子どもを育てるとは、そういうことだ。かずみの言葉が胸を刺す。子どもの頃の美羽も、いつも怖かった。かずみがこのまま帰ってこなかったらどうしよう、ひとりぼっちになったらどうしようと、いつも不安だった。

「時々、後悔してた……やっぱり私なんかがひとりで育てるのが本当に正しかったのかなって」

「正しいに決まってるでしょ、後悔なんてしないで」

「美羽の味方になるだなんて言っても……美羽が悩んでるのわかってるのに、何もしてあげられない」

かずみの目から、堪えきれない涙がこぼれる。

「結局また、美羽にも宏樹さんにも、こうやって迷惑ばっかりかけて」

「お母さん……」

「ごめんね……謝っても謝りきれない」

そんなことはない。そう言ってあげたいのに、涙がこぼれそうだった。唇を結んで精いっぱい、首を横に振った。

「ずっと辛い思いさせて、本当にごめんなさい」

もういいから。そんなことないから。必死でかずみに伝え、美羽は何度も首を横に振った。

ナースステーションで、美羽は看護師からかずみの入院費と手術費用の請求書を受け取った。明細には、五十万円を超える金額が記載されていた。その数字を見て愕然《がくぜん》とする。

――離婚してひとりで育てるなんて……私にはムリだ。


帰宅した美羽はソファに座り、離婚届を見つめ、考え込んでいた。すると、玄関のドアが開く音がした。急いで立ち上がり、離婚届を引き出しにしまった。

「早いね。どうしたの？」

問いかけると、宏樹は「うん」と言ったきり黙っている。

「ごめんね、ごはんの支度もまだ何も」

「いいよ」

宏樹の様子がおかしい。不思議に思っていると「ちょっといいか？」と、聞かれた。

美羽は宏樹に促され、ダイニングテーブルで向かい合った。

「この前の話って何？」

宏樹は真正面から美羽を見つめた。こんなにしっかりと目を合わせるのは、久しぶりかもしれない。美羽は戸惑った。

「お母さんの病院から電話が来る前に」

「うん……あの……」

なんと切り出したらいいのか、言葉が見つからない。

「ごめん……あのね……」

「子どものこと？」

「うん……」

「ずっと聞きたかったんだけど」

次になんと言われるのか、美羽の全身に緊張が走った。

「……美羽は、子ども、本当に産みたいと思ってる？」

「え」

「本当は堕ろしたい？」

「え、どうしてそんなこと聞くの？」

問い返すと、宏樹は一瞬黙った。でもすぐに、口を開いた。

「あんなふうに……俺が……あれでできた子だろ……」

宏樹はどこかおびえたように美羽の顔色を窺《うかが》う。

「どうなの？」

「この子を堕ろすなんて考えられない」

美羽はきっぱりと言った。

「私は産みたいよ」

「そうか」

宏樹はしばらく天井を見上げ、ひとつ息をつくと美羽に視線を戻した。

「俺、来月から新しいプロジェクトに参加するから」

「うん」

「今よりも忙しくなる。美羽のことも、子どものことも何もできない。できないというより、するつもりはない」

宏樹の言葉を、美羽はじっと聞いていた。

「俺に何も求めないでほしい」

「何もって?」

「子どものことだよ。寝室を分けて、家政婦を雇ってもいい、美羽が好きなようにしていい。育児にも口を出すつもりもりない」

子どもに、何も関わらないつもりなのだ。子どもの本当の父親を知る美羽に宏樹を非難する資格はない。とはいえ、宏樹の育児に対する考え方を知り、驚いていた。

「でも金は出すから」

「え」

「金で苦労はかけない。それでいい？」

「……うん」

戸惑いつつも、うなずいた。

「父親の役目はできない。ごめん」

宏樹は真っすぐに美羽を見つめ、頭を下げた。

「美羽の話は？」

「え」

「そっちの話は？」

美羽は、ゆっくりと唇を動かした。

「同じようなこと言おうと思ってた」

そして、宏樹から注がれる視線に正面から向き合った。

「この子は私が育てる」

きっぱりと、宏樹に宣言した。

生涯秘密を抱えながら、この子を育てていく。やはり大きな罪だろうか。頭の中に、さまざまな思いが渦巻いていたが、美羽はお腹の子どものために、決断した。

「……わかった」

宏樹は立ち上がり、リビングを出ていった。美羽は一点を見つめ、じっと座っていた。

月が替わり、十一月になった。宏樹を送り出した朝、美羽は母子手帳を開き、両親の氏名を書く欄を見つめた。そして、空白だった父親の欄に《父親：神崎宏樹》と記入した。

そのページに、冬月から「夏野が持ってて」と言われた栞を挟む。美羽は母子手帳をゆっくりと閉じ、思いを込めて胸に抱き寄せた。

莉紗はベッドの近くに座り、眠り続ける冬月を見守っていた。状況に困惑しつつも、どうか冬月が目を覚ましてほしいと祈り続けていた。

冬月の心電図は微弱に動いている。予断を許さない状態だが容体は落ち着いたようだ。

「Excuse me. We need to confirm his identity. Is he Kenta Shimohara?（患者の身元は下原健太か？）」

現地の警察官がやってきて、莉紗に問いかけてきた。莉紗は否定できずにいた。

こちらに来てひと月ほど経った九月の終わり、莉紗たちは倉庫で資材のチェックをしていた。

「施工が済んだら一度日本に帰ってもいいかな？」

冬月は、目の前で作業をしていた莉紗にふいに尋ねた。

「いいけど……え、なんで？」

「俺、日本に大切な人がいるんだ」

冬月の言葉の意味が、一瞬わからなかった。

「その人と一緒になる」

冬月は、迷いのない瞳で言った。

「……ウソ」

ショックだった。でもどうにか表情には出さなかった。

「本当」

冬月が言ったとき、現地スタッフのひとりが声をかけてきた。

「Hey Ryo. Where do I put this?（稜、これはどこに置いておく？）」

「In the office.（オフィスにお願い）」

答える冬月を見つめながら、莉紗は気持ちを整え、明るい笑顔をつくった。

「へぇ、意外！　こんなに忙しいのに、そんな人よく見つける暇あったね」

莉紗の冷やかしに、冬月は顔をほころばせる。

「俺がさ、この仕事するきっかけになった人なんだ。いつか莉紗にも紹介するよ」

幸せそうに笑う冬月に、莉紗は「うん」と反応するのが精いっぱいだった。

りと佇んだ。

冬月は下原のほうへ行った。莉紗はそれまで貼りつけていた笑顔を引っ込め、ぼんや

「おう」

「終わらねぇよ！　しゃべってないでこっちも手伝ってくれよ」

冬月は少し離れた場所にいた下原に声をかけた。

「下原！　そっちもう終わるー？」


Is this right? Is the patient Shimohara?（どうなんだ？　患者は下原か？）」

警察官から再度問いかけられ、莉紗はハッと現実に戻った。

「……イエス」

莉紗はベッドを見た。冬月はまだ目を開けない。苦しそうに顔をしかめながらも、しっかりと呼吸していた。


美羽はキッチンに立ち、コンロに火をつけた。夕飯の支度に取りかかる前に、やっておきたいことがあった。手には、ＤＮＡ鑑定通知書と、半分だけ記入した離婚届がある。

『胎児と神崎宏樹とのＤＮＡ一致率は０％。胎児の生物学的父親ではない』——そう記載された通知書と離婚届を、美羽はコンロの火に掲げた。メラメラと燃えていく二枚の

紙を、急いでシンクに放り込む。

もう、後戻りできない。美羽は揺れ動く真っ赤な炎を見つめていた。


二〇二四年五月――。

美羽は分娩室で汗だくになり、もがき苦しんでいた。押しよせる痛みに表情は歪み、気が遠くなりそうだ。

「もう少しですよ」

周りの医師や看護師が美羽に声をかけて励ましてくれる。美羽は歯を食いしばり、医師たちのかけ声に合わせて必死にいきんだ。

そして、分娩室に産声が響いた。美羽は放心状態のまま、かすかに安堵の表情を浮かべた。

「おめでとうございます。元気な女の子ですよ」

生まれたての我が子が美羽の元に授けられる。

「ああ……ああ……」

とめどなく、涙が溢れてくる。

「よく頑張りましたね」

医師は美羽にタオルにくるんだ赤ちゃんを抱かせてくれた。

「頑張ったね……ありがとう」

赤ちゃんの顔を見つめていると、分娩室のドアが開いた。

「お父さんが来ましたよ」

看護師の後ろから、宏樹が入ってきた。

「宏樹……」

美羽は驚いていた。宏樹は予定日が近づいても関心がなさそうだったし、当然、立ち会い出産も希望していなかった。

宏樹はおそるおそるベッドに近づくと、美羽の腕に抱かれた赤ちゃんを見つめた。

「抱っこしてみる?」

「……うん」

宏樹は美羽から赤ちゃんをそっと受け取り、ぎこちなく胸に抱いた。宏樹は赤ちゃんの顔を見つめ、ぽろぽろと涙をこぼした。

「宏樹?」

美羽は動揺していた。

「う……うう……」

赤ちゃんを抱いていなかったら、おそらく膝から崩れ落ちていただろう。それほどまでに宏樹は肩を震わせ、赤ちゃんをこわごわ抱いたまま泣きじゃくっていた。

――宏樹のそんな姿を、私は初めて見た……。

3

美羽は、眠っている赤ちゃんを見つめていた。

――あの涙はいったいなんだったの？　宏樹……本当はこの子に会いたかったの？

宏樹は自宅のリビングで仕事をしていた。キリのいいところで手を止め、ソファに身を投げる。美羽が入院して以来、リビングは脱ぎっぱなしのシャツや、食べたままのカップ麺の容器などで散らかり放題だ。部屋の隅には、退院してから使うベビーベッドやベビー用品が用意されている。宏樹はそれらを見つめ、複雑な思いでいた。

出産の三日後、真琴が面会に来た。

「きゃぁぁ、ちっちゃいな～！　うちの子にもこんなときがあったんですよ～、でもこのときは一瞬ですからね、一瞬！」

真琴は頬を紅潮させながらベビーベッドをのぞき込んでいる。

「すぐ大きくなっちゃうんだね」

「宏樹さん、なんで来ないんですか？　この天使の瞬間を見逃すなんて」

「仕事忙しいから……」

宏樹に関して聞かれると、どうしても反応が鈍くなってしまう。

「あれ……もしかして体調悪かったりします？」

真琴がすっと真顔に戻って尋ねてくる。

「え、宏樹？　別に……」

「あー、ならいいんですけど」

真琴はまたすぐに明るい調子に戻った。「まー、仕事で手いっぱいなんでしょうね。家帰ったらグチャグチャかもー」

「真琴も忙しいのにごめんね」

真琴は産着を畳んだり、ベッドの周りにある荷物を整理したり、手伝ってくれている。

「ありがと～」

「あ、名前決めました？」

「まだ」

考えなくてはいけないのはわかっているけれど、どうしたらいいのか、わからない。

「迷ってるんですか？」

「難しいね、名前考えるのって」

「生まれて最初のプレゼントですからね」

「そうだね、一生に一度きり」

「だからパパにも張り切って考えてもらわなきゃ！」

宏樹のことを言われて、また表情が強張《こわば》ってしまう。

「下で足りないもの買ってきます」

真琴は病室を出ていった。

「パパ……」

美羽は赤ちゃんの寝顔を見つめた。

宏樹は外回りの合間に、浅岡の店に顔を出すのが習慣になっていた。この日は子どもが生まれた報告をし、なぜか涙が止まらなかったと話した。

「泣き虫だなー」

「自分でも驚きました。人前であんなふうに泣くなんて」

「な、生まれてみないとわからないって言ったろ？　女の涙は嘘だらけだけど、男の涙は嘘つかないんだよ」

「なんですか、それ」

「そういう男泣きは絶対忘れちゃダメ」

浅岡は真面目な顔で言った。「ま、忘れっこないか」

「でも、俺は父親するのムリなんで」

「ムリも何も、おまえの子だろ。おまえ、オギャーッて泣いたんだろ？　もう父親始まっちゃってんじゃないの？」


いよいよ退院の日だ。美羽はタオルや洗面道具など持ってきたものを鞄に詰めていた。同じ日に出産した相部屋の母親たちの元には、赤ちゃんの父親や祖父母らしき人々が迎えに来ている。

「初産なのにひとりでテキパキして、優秀なママですね」

見回りに来た看護師が、美羽に声をかけてくれた。

「そんなことないですよ」

美羽は手を動かしながら、ベビーベッドに静かに眠る赤ちゃんを見た。

「よし、ママはこれから頑張るからね！」

赤ちゃんに笑いかけて抱き上げ、鞄を肩に提げようとすると、スーツ姿の宏樹が病室に入ってきた。

「え……会社は？」

「早退した」

驚いて固まっている美羽に、宏樹は何か言おうと口を開きかけた。でもなぜか躊躇《ためら》い、言葉を呑み込んだ。

「……荷物これで全部？」

宏樹は美羽から目を逸らし、鞄を持った。

「え、ありがとう」

声をかけると、宏樹は美羽の腕の中の赤ちゃんをちらりと見たが、とくに何も言わず、先に部屋を出ていった。その背中を追いかけながら、美羽は宏樹の気持ちがわからず戸惑っていた。

リビングはきれいに片付いていた。洗い物や洗濯物がたまっているだろうと覚悟していたが、そんなことはなかった。

「忙しいのに、ごめんね」

「いや」

「ここがおうちですよー」

美羽は赤ちゃんに部屋やチーちゃんを見せながら言った。宏樹は居心地悪そうな表情で、突っ立っている。

「ごめん、仕事するよね？　なるべくうるさくしないように気をつけるから」

「じゃあ俺は……」

宏樹はリビングを出ていった。美羽が赤ちゃんをベッドに寝かせようとすると、用意していたベビー用品が箱から出され、使いやすい状態で置いてあることに気づいた。


宏樹が書斎にこもって仕事をしていると、ドアがノックされた。

「今いい？」

「うん」

「仕事中ごめんね」

美羽が遠慮がちに入ってきた。

「どうした？」

「ひとつ、宏樹にお願いしたいことがあって」

「何？」

「あの子の名前、宏樹に付けてほしいの」

「俺が？」

予想外の言葉に驚いた。

「うん……私の名前ね、お父さんが付けてくれたの。だからかな。お父さんのことずっと近くに感じられてた。小さい頃に離婚して、ほとんど会ったことないけど。お父さんから唯一もらったプレゼントでさ。嬉しかった。あの子が寂しい思いをしないように、宏樹にあの子の名前をつけてほしいの。約束通り、子育ては私がひとりでするから」

美羽はそれだけ言って、書斎を出ていった。

リビングに戻ってきた美羽は母子手帳を開き、挟まっている古い栞を見つめた。しかし、すぐに元に戻してそっと手帳を閉じ、決意の表情を浮かべた。


――あの子はもう、宏樹の子だ。


同じ頃、冬月は成田空港の到着ロビーを歩いていた。

「あー疲れたぁ！　ほんと、久しぶりの日本の空気～！」

隣を歩く莉紗は、思いきり空気を吸い込んでいる。

「……やっと帰ってこれた」

冬月には、やらなくてはならないことが山積みだった。

翌日、冬月と莉紗は下原の弟、隼人《はやと》のアパートを訪ねた。外でしばらく待っていると、隼人がやってきた。工場の作業服姿だ。

「今日は時間つくっていただいてありがとうございます」

「仕事抜けてきてるんで、あまり時間はありませんが」

隼人はアパートの一室に案内してくれた。ひとり暮らしの部屋の片隅に、下原の遺影と遺骨が置いてあった。冬月と莉紗は線香を上げ、手を合わせた。

「来るのが遅くなって、すみません。隼人くんのこと、下原はいつも心配してたよ」

冬月は振り返って声をかけた。

「両親も早くに死んでるし、身内はほかにいないんで……昔から兄は俺の親代わりみたいでした。それが嫌で三年くらい連絡取ってなかったんですよ。生きてるって聞いてたのに、一カ月経って、死んだって知らされて……」

「ごめんなさい。それは……」

謝ろうとする莉紗を制し、冬月は口を開いた。

「現地の混乱がひどくて、すぐに連絡できなくて、本当に申し訳なかったです」

最初は冬月が死亡した日本人の犠牲者として報道された。だが一カ月後に、犠牲者は下原だったと訂正されたのだ。

「死んだって聞いたら、なんか話したいこととか、後悔とかいっぱい出てきて……もう死んでるってわかってても、兄のことずっと待っちゃうんですよ」

隼人の言葉に、沈黙が流れた。冬月たちも、下原がもういないなんて信じられなかったし、信じたくない。

「でも冬月さんの顔見たら、やっぱり死んだのは兄のほうだったんだって、見せつけられた気がします」

隼人は冬月を見た。

「すみません。帰ってください」

「え」

冬月は拒絶されてたじろいだ。

「こんなこと、あなたに言うことじゃないし、あなたたちだって十分傷ついてるのわかってます……でも会いたいのはあなたじゃないんです……ひどいこと言って、ほんとすみません」

隼人は膝の上でぎゅっとこぶしを握った。

「ひどくない。今日は帰ります」

冬月は立ち上がった。

アパートを後にした莉紗は、放心したように歩いていた。

「隼人くんがあんなふうに苦しんでたなんて……」

「うん」

隣を歩く冬月が短くうなずいた。

去年の十月の初め――。

莉紗はアフリカの医療施設に駆けつけた。日本人男性のひとりは亡くなり、ひとりは意識不明の重体だった。その時点では冬月と下原のどちらが亡くなったのかわからなかった。莉紗が事務所で遺品として見せられた身分証明書などは、冬月のものだった。

そして十月の終わりに、下原の容体が悪化したと呼ばれた。でもベッドに寝ている患者の顔を見ると、下原ではなく冬月だった。

なのに現地警察に患者は下原かと聞かれたとき、莉紗は「イエス」と口走っていた。

「私が……」

莉紗は罪の意識に苛《さいな》まれていた。

「あんな状況だったんだ。誰だって混乱するよ」

冬月は慰めてくれたが、そうではない。テロに遭う前、冬月から帰国したら大切な女性と一緒になると聞かされたことが心に残っていた。冬月が亡くなったことにすれば、ここで自分がそばにいて、冬月を支えることができるかもしれない。あの一瞬、そう考えてしまった。思い悩む莉紗に、冬月は空気を変えるように明るく笑いかけた。

「もー、そんな顔すんなって！　あー、なんか腹減ったな！」

冬月はラーメン屋に行こうと言い、莉紗を引っ張っていった。


店主がラーメンを運んできた。莉紗と冬月の前にそれぞれどんぶりを置き、さらにもうひとつ持ってきた。

「え、三つ？」

「下原とさ、帰国したら食おうって約束してたんだよ。アイツの分まで食うぞ！」

そういうことだったのか。莉紗も冬月と「いただきます！」と声を合わせ、勢いよく食べ始めた。

「うまー」

「うん」

食べているうちに、莉紗は泣けてきた。どうにか堪えながら、ラーメンをすすった。

「俺、また隼人くんに会いに行ってみるよ。何度でも会いに行く。下原の代わりにできるかぎりのことはしたい。俺には……遺族のみんなに責任があるから」

「そうやってひとりで責任負おうとしないで。私にも分けて」

「分けてやるよ」

冬月は笑いながら、空席に置かれたどんぶりから麺を莉紗に分け始める。

「ちょっと!」

「莉紗、ありがとな。おまえがいてくれてよかったよ」

冬月がフッと笑った。莉紗の心は、ほんの少しほぐれた。

莉紗と別れてひとりで歩いていた冬月は、ふと歩道橋で足を止めた。そして鞄から、美羽にもらった栞を取り出した。鳥の羽根の刺繍を見ると、早く美羽に会いに行かなければと、心が急いた。


去年の夏、冬月が日本を発つ朝――。

マンションで愛を確かめ合った後、美羽をバス停まで送った。そのときもここで足を止め、ふたりで話した。

「夏野が救ってくれたんだ」

並んで手すりにもたれながら、冬月は中学時代の話を始めた。

「え?」

「怪我でバスケ部やめて、図書館でずーっと暇つぶししてた俺をさ」

「私が?」

「そう。幼い頃からの夢諦めて、実は、何気に落ち込んでたんだけどさ、あのとき、夏野が言ってくれたこと、今でも忘れられない」

「私、何か言った？」

美羽は首をかしげて冬月を見ている。

「憶えてない？」

「うん全然」

「夢も目標もなくなった俺にさ、言ってくれたんだ」

冬月は、真面目な顔で美羽を見た。

「欲しいものとか、夢とか全部諦めても、素敵なものはなくならないよって。世界には素敵なものがいっぱいある。それをまだ知らないだけだって」

「たしかに、そんなふうに思ってたな、私」

美羽はフッと笑った。

「家が大変でいろんなこと諦めなきゃいけなかったから……」

「図書館の本全部読んだら、やりたいことひとつくらい見つかるんじゃない？　だってさ！」

「むちゃ言うなぁ、あの頃の私」

ふたりは笑い合った。

「あのとき、夏野のこと好きになった」

冬月は美羽を見つめ、ふたりはどちらからともなく指を絡め合った。

美羽は不慣れな育児に奮闘していた。まだオムツを替えるのもひと苦労だ。

「ふぅ……」

ようやくオムツを替え終えてロンパースのボタンを留めたところで、コンロにかけていた鍋が噴きこぼれる音がした。慌てて立ち上がって火を消しに行くと、赤ちゃんが泣きだした。

「あー、大丈夫大丈夫。ごめんね」

抱き上げてあやそうとすると、今度は洗濯機が鳴る。

「うわ、待って待って」

ピンポーン。そこにインターホンが鳴った。

「えぇえ、誰？」

パニックになりながらモニターを見ると、真琴が映っていた。

赤ちゃんを抱っこしながら玄関を開けると、真琴と幸太、そして荷物を持った殿山が立っていた。

「神様ぁ～　天使ぃ～！」

助っ人が現れ、美羽も赤ちゃんと一緒に泣きそうだ。

「幸太が赤ちゃんのときのベビー用品、使えそうなの持ってきました！」

「えぇ、助かるー」

「新ちゃん、荷物持ちご苦労さま。ここでいいよ」

真琴は殿山にもう帰っていいと告げる。

「え、僕だって赤ちゃんと遊びたいですよ」

「店番あるでしょー」

真琴だけでなく幸太にまで「ばいばーい」と言われてしまい、殿山は口を尖らせながら帰っていった。


やはり真琴は子育ての先輩だ。赤ちゃんは真琴に抱かれ、すっかり泣きやんでいる。

「ママ似かな？　パパにはあんまり似てないかも」

真琴の言葉に、美羽はドキリとした。

「どうだろうね……」

「美羽さんに似てない？」

真琴の腕の中の赤ちゃんを見て、幸太は「わかんない」と首をかしげる。

「でも、そんなに宏樹さん仕事忙しいんですか？　美羽さんひとりじゃ大変じゃないですか」

真琴が来てくれると助かるけれど、宏樹のことを言及されるたび返答に困ってしまう。

「うちはね、そういう役割分担だから」

「心配させるかなと思って言わないでいましたけど……いつだったか、朝、調子悪そうにしてたの見かけたことあったんですよ」

「え、宏樹が?」

「なんか声かけづらくて」

「そう……知らなかった」

「男の人ってわかんないですよね、自分で言わないから」

たしかに、赤ちゃんが生まれた日に宏樹が泣きだしたことなど、わからないことだらけだ。

「八割無表情でしょ? 泣きもしないから赤ちゃんより読み取るの難しいし」

真琴はそう言って幸太を見た。「思ってることはちゃんと言葉にするんだよ」

「おなかすいたー」

「最近それればっかり」

「育ちざかりだね! なんかつくろっか?」

美羽は笑顔でキッチンに立った。

宏樹は営業部の自席でひたすらパソコンのキーボードを叩いていた。

「あの顔見ろよ、子ども生まれても全然変わらないな」

少し離れたところから見ていた篠崎が木下に言うのが聞こえた。ふたりはコソコソ囁き合っているつもりのようだが、しっかりと聞こえている。

「今日もひとりで残業するつもりですね」

「俺らがサボってるみたいになるから嫌だよなー」

「篠崎さんも残業したらいいじゃないですか」

「やだよ」

宏樹は気に留めず、淡々と仕事をこなしていた。


帰宅すると、赤ちゃんはベビーベッドでぐっすり眠っていた。美羽も力尽きてしまったのか、ベッドに倒れるように眠っている。その手には、空の哺乳瓶が握られていた。宏樹はベビーベッドに近づいて赤ちゃんの寝顔を見つめた。小さく呼吸をしているのを確認し、はだけていた布団をかけ直してやる。ベッドで眠ってしまっている美羽にも、風邪をひかないよう毛布をかけた。

再び赤ちゃんに視線を戻すと、自然と笑みが溢れてきた。おそるおそる手を伸ばして、ぷにぷにした頬に触れてみる。やわらかくて、それでいて張りがある。なんて小さくて頼りないのだろう。

見つめていると、赤ちゃんがもそもそと動き、目を覚ましそうになった。

「シー……」

宏樹は空の哺乳瓶を手に、忍び足で寝室から出た。

空の哺乳瓶をキッチンに置いた宏樹は、テーブルの上に母子手帳が置いてあるのを見つけた。手帳には鳥の刺繍が施された栞が挟まっている。宏樹はふと思いつき、母子手帳を閉じて、書斎に向かった。

パソコンで調べ物をしていると、ドアがノックされた。宏樹はさっとパソコンを閉じた。

「どうした？」

声をかけると、美羽が書斎に入ってきた。

「哺乳瓶とか、ありがとう」

「いや」

「まだ仕事？」

「え、ああ」

「宏樹……ここ最近、体調悪かったりした？」

美羽に問いかけられたが、宏樹は咄嗟に返事ができなかった。

「新しいプロジェクト、大変なんだね」

「うん……まぁ」

「迷惑かけないようにするから」

「え」

「正直、初めてのことばっかかですぐには無理だけど、できるだけ宏樹が仕事に集中できるように頑張る。それだけ言いたくて。ごめんね。仕事、邪魔しちゃって」

美羽はそう言って、書斎のドアを閉めた。


ようやく身の回りのことが一段落し、冬月は図書館にやってきた。

「ビックリしたわ、生きてたの？」

辻村は驚き、目を見開いた。

「一カ月くらい経って正しい情報が出たとは思うんですが」

「そういう大事なこと、大きいニュースになんないのね。でも、無事でよかったわ。そうそう、あのフリーマーケットで一緒だった……神崎さん、すごい心配してたわよ」

辻村から美羽の名前が出た。やはり心配をかけてしまった。早く会いたい。

「連絡先とかわかりませんかね？　携帯電話ダメになって」

「ごめん、知らないの。それに最近見かけないのよね」

最近、美羽は来ていない。冬月は電話番号を聞いておかなかったことを悔やんだ。


冬月は閲覧室に行き、『鳥類図鑑』を手に昔よく座っていた席に着いた。

美羽を好きになってから、冬月は図書館に来るのがより楽しみになった。本を選んでいる美羽の美しい横顔に、中学一年生の冬月はいつもドキドキしていた。

「何？」

美羽が冬月の視線に気づいた。

「いや、別に。また鳥の本読んでんのかよーって思って」

「そっちこそ、寝てばっかりじゃ卒業までに全部読み終わらないよ」

「だから無理だって」

冬月が言い返すと、美羽は笑いながら、また本棚に視線を移した。冬月はそっと美羽の横顔を見つめた。


フリーマーケットの日、冬月は来場した子どもたちと遊びながら、お店を切り盛りしている美羽を見つめた。笑顔が眩しかった。美羽が気づいて顔を上げ、視線が合う。美羽は口角を上げ、ほほ笑みかけてきた。冬月ももう、十三歳の頃とは違う。落ち着いて笑みを返し、接客に戻る美羽を見守った。

一緒に過ごした時間は少なかったけれど、会えなくなってからもずっと思っていた。美羽の存在が、冬月を勇気づけてくれた。

冬月は笑みを浮かべ、鳥の羽根が刺繡された栞を両手で包み込んだ。

夕方、美羽はタブレットでかずみとビデオ通話をしていた。かずみに赤ちゃんの顔がよく見えるように、抱っこしている角度をあれこれと調整してみる。

『私にも抱っこさせてー！』

かずみが画面越しに両手を差し出してくる。

「まだ病院には連れていけないからね」

美羽も早く会ってもらいたい。

『うん、ガマンガマン』

「でもお宮参りなら、先生に許可もらえたのに、本当にいいの？」

外出の許可はもらえたのに、かずみは行かないと言っていた。

『宏樹さんのご両親もいらっしゃるし、みんなに迷惑かかるから』

「私ひとりじゃ迎えに行けないしね、ごめんね。写真いっぱい送る！」

『あ、宏樹さん、おかえりなさい』

かずみは宏樹が帰ってきたことに美羽より先に気づき、声をかけた。

「どうも」

宏樹が画面に向かってぺこりと頭を下げる。

「あ、気づかなくてごめん」

美羽が振り返って声をかけると、宏樹は「いや」と言い、リビングを出ていった。

『あら、もうこんな時間、ごめんね』

かずみが言い、また電話するねと通話を終えた。時間を確認すると六時過ぎだった。

美羽が赤ちゃんを抱っこしてあやしていると、部屋着に着替えた宏樹がリビングに現れた。

「今日、早かったんだね」

声をかけても返事はない。

「あのさ、お宮参りなんだけど、仕事忙しいよね？　宏樹のご両親お誘いして行ってこようと思うんだけど」

「俺から言っとくよ」

「ありがとう」

「あのさ」

宏樹に切り出され、美羽は「ん？」と見た。

「名前考えた」

手にしていたノートを美羽に差し出した。めくってみると赤ちゃんの名前の候補がいくつもメモされていて、漢字の意味などが書き添えられている。

「こんなに考えてくれてたの……」

感動しながらメモを見ていると、候補のなかの『栞』という名前が丸で囲んであった。

「栞、がいいかなと思って」

「栞……」

「母子手帳に挟んであった栞、美羽がつくったんだよね？」

「え」

美羽が驚いていると、宏樹はテーブルの上の母子手帳を開いた。

「きれいだな」

宏樹が栞を手に取るのを見て、胸がざわつく。

「これ見て思いついたんだ。栞には、道しるべっていう意味があるんだって。俺はこの子に何もしてあげられないけど……道に迷わず進んでほしいから……どうかな？」

問いかけられても、すぐに返事ができなかった。その栞は、二十二年の時を経て美羽の手に戻ってきた大切なもので、特別な意味がある。娘に栞と名付けたら、宏樹に対してさらに罪の意識を抱くことになる。だけど、その一方で美羽の心は……。

「……嫌？」

「ううん」

美羽は首を横に振った。

「じゃあ、栞」

宏樹はベビーベッドで眠る赤ちゃん――栞を見た。

「うん」

美羽も栞を見つめた。

「栞……」

美羽は寝室のベッドで眠る栞を見つめながら、母子手帳を開いて古い栞を手に取った。そして、ベッドで眠っている宏樹の寝顔を見つめた。宏樹に対して申し訳ない気持ちで押しつぶされそうだけれど……。

冬月と莉紗は、こぢんまりとしたレンタルオフィスの一室で机を組み立てていた。

「ひとまずここからだな」

冬月は、机と椅子しかない殺風景なオフィスをぐるりと見渡した。ここで一から始めるしかない。

「うん。出資してもらえそうな企業、リストアップして回ってみる。下原みたいにうまくいくかわかんないけど」

莉紗もやる気になっている。

「わかった。あ、この後なんだけど、少し抜けてもいい？」

冬月は切り出した。

「会いに行くの？」

莉紗が冬月の顔をじっと見ている。予想外の問いかけに、冬月は言葉に詰まった。

「やめなよ」

「え」

「冬月が傷つくだけだよ……連絡取れてないんでしょ？」

「待っててくれてると思うんだ」

美羽にすぐに連絡したかったし、会いたかった。でもその前にやるべきことがたくさんあった。それを済ませてからじゃないと、動けなかった。ようやく、会いに行けると思っていたのだけれど……。

「そうかな？　私なら、好きな人が生きてるって聞いたら、待ってないで会いに行くけど」

莉紗は射抜くように冬月を見ていた。

「ごめん」

言いすぎた、とすぐに謝ってくれたものの、莉紗の言葉は冬月の胸に刺さった。

今日はお宮参りだ。美羽は栞を抱き、宏樹の両親と共に都内にある大きな神社に来ていた。

「美羽さん、孫の顔見させてくれてありがとう」

義母は改めて美羽に感謝の言葉をかけてくれた。

「いえいえ」

美羽は小さく首を振った。そんなふうに言ってもらう資格はない。

「宏樹は仕事なんだな、せっかくのお宮参りなのに」

義父はすこし不満げだ。

「大きなプロジェクト抱えてるんで……」

美羽が言いかけたとき、宏樹がかずみを乗せた車椅子を押しながら参道を歩いてきた。

「え、お母さん……」

「宏樹さんが先生に頼み込んでくれて、私も説得されちゃったわ」

かずみが言う。

「宏樹……」美羽は驚きと感動で、宏樹を見つめた。

「栞ちゃん」

かずみが栞の顔をのぞき込もうとしている。

「お母さん、抱っこしてあげて」

「うん」

美羽はかずみの腕に栞を渡した。

「おばあちゃんですよー」

かずみが涙声で栞に語りかけるのを見て、美羽も鼻の奥がツンとしてくる。もう一度宏樹に視線を移すと、宏樹の優しいまなざしと目が合った。

「宏樹、ありがとう」

感謝の気持ちを伝えると、宏樹は笑みを浮かべながら首を横に振った。


木漏れ日の下、ワイワイとみんなで写真を撮り合った。

「やっと栞ちゃんに会えた」

かずみが美羽を見上げて言った。

「よかった、お母さんに抱っこしてもらいたかったから」

「本当にいい人と巡り会えたわね」

かずみの視線の先では、宏樹が栞を抱っこした両親の写真を撮ってあげている。

「感謝しても感謝しきれない。よかったね」

かずみの言葉に、美羽は無言でうなずくしかなかった。

「美羽とお義母さんも一緒に撮りましょう！」

宏樹が声をかけに来た。美羽は栞を抱き、かずみの隣に立った。宏樹がカメラを手に、写真を撮ってくれる。


——宏樹が優しくなればなるほど……胸に刺さった棘《とげ》が小さく疼《うず》いていく……。

それでも、もう後戻りできない。撮り終えた宏樹が近づいてきて、栞を抱っこした。まだ慣れないながらも、だんだんと抱っこする姿がサマになってきている。宏樹は栞の顔を見て、優しい顔で笑った。美羽もふたりを見て笑顔になったところで、宏樹の両親がカメラを向けてきた。三人は、写真におさまった。栞が生まれてから、初めての家族写真だ。

——これがきっと消えることがない私の罪悪感……。

いつもと違う一日を過ごした影響か、栞は夜中に目を覚まし、ぐずっていた。寝室を出てリビングであやしていると、宏樹も起きてきた。

「ごめんね。もうすぐ泣きやむと思うから」

美羽は慌てて謝った。

「ちょっと代わるよ」

返ってきた言葉は、意外だった。

「でも明日も早いでしょ？」

「大丈夫」

美羽の腕から栞を受け取り「ほらほら大丈夫だよー」と、体をトントンしている。でも、栞は声を上げて泣き始めた。抱っこを代わったり、おもちゃであやしてみたり、いろいろしてみたけれど、栞はいっこうに泣きやまなかった。

どれくらい、そうしていただろう。栞はようやく眠りについた。大人ふたりはへとへとだ。

「やっと寝てくれたー」

美羽はソファに座り込んだ。

「でもまたすぐ泣くかもな」

宏樹は隣で苦笑いを浮かべている。

「宏樹、なんか変わったね」

美羽は最近感じていたことを口にした。

「本当、ごめんな」

「え」

「美羽にずっとひどいことしてきた。会社でいろいろあって、そんなの理由になんないけど、ずっと美羽に当たって、最低だった」

「私も、宏樹のこと……何も気づいてあげられなかったから」

宏樹が続ける。

「美羽が栞を産んでくれて……初めて抱っこしたとき、栞、生まれたてで、可愛くて、でも怖いくらい脆《もろ》くて、壊れそうで、でも温かくて……なんか涙が止まらなくなった」

「うん」

「あの瞬間をずっと忘れたくなくて、栞って名前をつけたんだ。この子が俺の道しるべになってくれたから。美羽、栞を産んでくれて、ありがとう」

宏樹の言葉に、美羽はじっと涙を堪えた。

「あの約束、破っていいかな?」

「え?」

「父親らしいことは何もしないって言ったけど、俺を栞の父親にさせてくれないかな?」

宏樹の問いかけに、喉が詰まったようになる。

「もちろん、美羽がよければだけど……」

「宏樹は栞の父親だよ」

「ありがとう」

宏樹は美羽の手をそっと握った。

「今夜は俺が見るから、少しでも寝な」

「でも外明るいよ」

カーテンの外は、ぼんやりと明るくなってきている。

「ほんとだ」

ふたりは顔を見合わせて笑った。


数日後、会社に向かっていた宏樹は並木道を通り抜け、信号待ちをしていた。よくこの信号で胸が苦しくなって高架下に駆け込み、息を整えていた。でも、栞が生まれてからそんなこともなくなった。

青信号に変わるのを待つ間、宏樹はスマホを取り出し、待ち受け画面を表示させた。先日のお宮参りの栞の写真だ。あまりの愛おしさに顔をほころばせていると、信号が変わった。宏樹はスマホをしまい、歩き出した。

「MITSUKURA METROPOLISのプロジェクト、第三フェーズを終えて後はプレゼンのみです。やっと軌道に乗りました」

午前中、宏樹は部長室で真鍋にプロジェクトの進捗状況を報告した。

「よくやった。ここから勝負だから気を抜くなよ」

「そのことなんですが、プロジェクトのリーダーを降ろさせてください」

宏樹はきっぱりと言い、頭を下げた。

「何言ってんだ。おまえ」

上機嫌だった真鍋は眉根を寄せた。

「私より第二チームの大友《おおとも》さんのほうが適任だと思います、このプロジェクトの相談にも乗ってくださってますし」

「おまえな……そんなこと」

「すみません。私にはやるべきことがあるんで」

これまで仕事にばかり目を向けていたけれど、今の宏樹は違う。大切なものが変わったのだ。

「は？　そんなことしてみろ。全部失うぞ」

「失礼します」

もう一度頭を下げ、くるりと真鍋に背を向けると、会議室を出た。


午後、浅岡の店に行き、プロジェクトを降りた件を報告した。

「大胆なことするなー、おまえ」

浅岡は驚きながらも、どこか楽しそうだ。

「まぁ……後悔したくないんで」

宏樹自身も、自分の心境の変化に驚いていた。

「汗水垂らして築いてきたキャリアだろ？　そっちの後悔はしないのかよ」

「しません」

「覚悟決まってんな」

「どんなに汗水垂らしても、手に入らないものってありますから」

「それが天からの授かり物ってやつか」

「はい」

宏樹はにっこり笑ってうなずいた。

「そうか、父親やるか。写真とかないの？　見せろよ」

浅岡に言われ、宏樹はスマホの写真フォルダを見せた。

「いやー可愛いなー、目に入れても痛くないわな」

「何度も見ちゃいますね」

「こりゃ人生変わるわ」

「新しいお守りができたような感じですかね」

宏樹は栞を思い、満面の笑みを浮かべた。


美羽は宏樹の書斎に掃除機をかけていた。と、机の引き出しが少し開いていて、その中に女性物のハンドタオルがあった。なんとなく手に取ると、かつて美羽が貸したタオルだった。美羽も、初めて宏樹に会った日のことを鮮明に憶えていた。

「まだ持ってたんだ……」

美羽はハンドタオルを手で包み込んだ。


明日は病院に行く日だ。美羽はタオルや母子手帳を鞄に詰めていた。母子手帳を開き、挟んであった栞を手に取った。ふと、冬月のことを思い出す。冬月はもういない。もう二度と会えないのだと思うと、心臓がぎゅっと締めつけられるようだ。

「明日泣くかな」

宏樹の声に、ハッと現実に戻った。宏樹は抱っこした栞の顔をのぞき込んでいる。

「泣くでしょうねー」

美羽は鳥の栞を母子手帳に挟んで閉じ、鞄に入れた。

「一カ月健診かー、頑張るんだぞー」

宏樹が栞に呼びかける声の穏やかさに、美羽も思わずほほ笑んだ。


土曜日に、宏樹は持ち帰った仕事をすることなく一カ月健診に付き添ってくれた。

「栞、泣かなくておりこうさんだったねー」

帰り道、運転席の宏樹が後部座席の美羽に声をかけてきた。栞はチャイルドシートで眠っている。

「宏樹が泣きそうだったでしょ？」

美羽は健診の際の宏樹のあたふたした様子を思い出し、笑みを漏らした。

「ちょっと感動しちゃっただけだよ。あ、どっか行きたいところある？」

「え？」

「せっかくだし、買い物とか、メシでも食って帰ってもいいし」

「うん」

何か買うものがあったかと頭を巡らせながら、美羽はふと窓の外を見た。遠くに給水塔が見える。

「あ、ちょっと……」

図書館に寄ってほしい。宏樹に告げた。

土曜の図書館の駐車場は、意外にもがらんとしていた。

「何か本でも借りるの？」

宏樹が運転席から美羽に声をかけてきた。

「……返したいものがあって」

「そう。俺はここで待ってる」

栞はすやすやと眠っている。

「すぐ戻るから」

美羽は図書館に入っていった。

閲覧室を通りながら、つい、あの席を見てしまう。冬月との思い出が次々にフラッシュバックしてきて、苦しくなってくる。

中学生のときにここで出会い、背中合わせに座って勉強をし、去年再会した。フリーマーケットに誘ってもらい、そして冬月が日本を発つ朝もここで会えた。冬月との出会いと別れは、いつもこの図書館だった。

美羽は図鑑が並んでいる本棚の前に立ち、鞄から母子手帳を取り出した。挟んでいた古い鳥の栞を手にして、思いを込めてぎゅっと握る。そして目についた古い本を、本棚から取り出した。

——これは持ち続けちゃいけない。冬月くんのことは、私の心の中に永遠にしまっておく。

美羽は本に古い栞を挟んだ。

「ありがとう」

呟くと、しばらくその場から動けなかった。でも、思い出は全部、ここに置いていく。封印する。もう二度とここに来ることはないだろう。美羽は一歩、踏み出した。

と、書棚の陰から現れた人がいた。

「夏野……」

視線の先に、冬月が立っていた。

「やっと会えた」

「冬月くん……」

美羽は驚きと困惑で、動けずにいた。冬月も美羽を見つめていた。

「どうして……」

頭の中に疑問が渦巻いている。そんな美羽を、冬月が強く抱きしめた。

「会いたかった……」

冬月の声が、すぐそばで聞こえる。冬月の匂いがする。そして……。冬月の体温を感じながら、美羽は涙が溢れてくるのを止められなかった。


車の中で栞の様子を見ていると、目を覚ましてしまった。ふえぇ、と声を上げて泣き始める。宏樹は車を降りて後部座席に座り、チャイルドシートから栞を抱き上げた。

「よしよし……ママ遅いね」

宏樹は、昼下がりに静かに佇む図書館を見やった。

4

泣きだした栞を抱っこしてあやしていると、そのうちに泣きやんだ。

「いい子だね」

宏樹は栞を見て目を細めた。小さな顔。澄んだ瞳。本当に可愛い。

「よーし、ママのところ行こ」

宏樹は図書館の建物に向かって歩きだした。

「ママいるかなー」

歩きながら何度も笑顔で栞に声をかけた。


「冬月くん……」

冬月が生きていた。信じられない。あんなにも会いたかった冬月がここにいる。もう会えないと思っていたのに、生きていた。再会できて本当に嬉しい。だけど……。

「ごめん、迎えに行くって約束したのに」

美羽は震える手で冬月の背中に手を回しかけた。美羽も冬月を抱き返したい。

でも……。美羽の手は宙に浮いたまま、さまよっていた。

でも、もう決めたのだ。栞と、宏樹と生きていくと……。

美羽は震えるその手で冬月を突き飛ばした。よろめいた冬月は、驚いた顔で美羽を見ている。

「……ごめん」

「夏野？」

冬月が近づいてこようとする。

「来ちゃダメ」

身を引き裂かれる思いで、美羽は書架から離れた。冬月が追ってくる前に早くここを出なくてはと、図書館の入り口のほうへ向かった。

すると、栞を抱いた宏樹が歩いてくるのが見えた。美羽は急いで涙を拭き、息を整えながら歩いた。

「ママいたねー」

宏樹が栞と美羽に向かって笑いかけた。落ち着かなくちゃ。自分に言い聞かせる。

「どうした？」

宏樹も、様子のおかしい美羽に気づいたようだ。

「ううん」

そう答えるのが精いっぱいだ。

「体調悪いか？」

「うん」

声が震えそうになるのを、必死で堪えた。

「やっぱり今日は早く帰ろう」

「ごめんね」

とにかくここを立ち去らなくては。美羽は宏樹と栞と共に図書館を出た。冬月のことが気になる。でも、振り返ることなく足早に立ち去った。涙がこみ上げてくる。だけど、絶対に悟られてはいけない。美羽は懸命に涙を堪えて歩いた。


——冬月くんが生きていた……。


眠れなかった。美羽は宏樹と栞が眠っているのを確かめ、そっとベッドを抜け出してリビングに行った。タブレットを起動し【アフリカ・メビリノ共和国テロ・日本人犠牲者】などのワードを打ち込み、検索してみる。

すると、アフリカのテロ事件での死亡者の報道が誤報だったというニュースがヒットした。犠牲になったのは冬月ではなく、同僚の日本人男性、下原健太だったと報道されている。だがそれはテロが起きてから数日間のニュースに比べ、とても小さな扱いだった。その頃の美羽は冬月が亡くなったというあまりの悲しみに、ニュースからは目を背けていた。だから報道にも気づかなかったのだ。

冬月たちの学校建設プロジェクト【Feather of Hope Project】の活動記録を紹介するページには、冬月が活動している写真が載っていた。画面の冬月を見ていると、また涙がこみ上げてくる。

——彼が生きてくれて嬉しい。だけど……。

気持ちを抑えられずにテーブルに突っ伏して泣いていると、宏樹がリビングに入ってきた。

「……美羽？」

美羽は顔を上げ、タブレットを閉じた。慌てて涙を拭ったが、泣いていたことには気づかれてしまっただろう。

「大丈夫か？」

「……うん。なかなか寝つけなくて」

ごまかすように言うと、宏樹は美羽の隣に腰を下ろした。

「ごめんね。たいしたことないから、ほんとに」

平気なふりをしようとすると、宏樹は美羽の背中を優しくさすってくれた。

「お茶でも淹れよっか」

美羽は、いたたまれなくなって立ち上がった。

「俺やるよ」

宏樹はキッチンへ行ったものの、茶葉などの場所がわからず探し始めた。

「えーと、ハーブティーなら大丈夫なんだっけ?」

「レンジの下の引き出しかな」

「あった、あった。えーと、ポットは……」

「レンジの上の棚」

「ごめん、あった……朝になっちゃうな」

宏樹はおどけたように言いながら、ティーポットに茶葉をセットし、お湯を注いだ。

まるで昔に戻ったような宏樹を見つめていると、どんどん胸が苦しくなってくる。


——お願いだから、私に優しくしないで……。

眠れぬまま、月曜日の朝を迎えた。キッチンで朝食の支度をしているとスーツ姿の宏樹が慌てて飛び込んできた。

「おー、危ない危ない」

宏樹は手を伸ばし、コンロの火を消した。

「あ!」

目玉焼きを焦がしてしまった。ぼんやりしていたせいだ。

「俺、今日、仕事休もうか?」

「ううん、大丈夫」

「……ほんとに?」

宏樹は心配そうに顔をのぞき込んでくる。

「あー、やっちゃった。つくり直しかなー」

美羽は明るい調子で焦げた目玉焼きを皿に載せ、フライパンにもうひとつ卵を割った。

冬月はまったく仕事に身が入らなかった。新しい事務所でパソコンに向かっていても、出るのはため息ばかりだ。

「ねぇ」

莉紗が声をかけてきた。

「ん?」

「何かあった?」

「……彼女に会ったんだ」

冬月は正直に告げた。「でも、会いたくなかったのかもしれない」

「え」

「莉紗の言ってた通りで、待っててくれてるって思ってたのは、俺のエゴだったのかも。どうしたらいいんだろ……」

あんなふうに拒絶されてしまうなんて。図書館で美羽に突き飛ばされたときの衝撃を思い出し、冬月は頭を抱えた。

「あのさ」

莉紗が何か切り出そうとしたとき、冬月のスマホが鳴った。登録していない番号だ。というより、新しいスマホの番号はまだ数人にしか知らせていないのだが、誰だろうか。

『図書館の辻村です』

「どうしました？」

『神崎さんの連絡先わかったわよ！』

辻村の声ははずんでいる。

「え？」

『フリーマーケット手伝ってくれてた田村《たむら》さんがね、連絡先交換してたみたいで』

「ほんとですか？」

思いがけぬ辻村からの電話で、一筋の希望の光が射した。

二十二年前は、連絡先も聞かずに会えなくなってしまった。手紙も出せず、メールも送れず、しかも中学生だったので、どうにもできなかった。

今度こそもう一度会って、美羽と話がしたい。このまま終わるのは納得できない。

莉紗は電話で話す冬月を見ていた。さっきまでひどい顔をしてどんよりと沈んでいたのに、電話に出た途端に表情が輝きだした。わかりやすい冬月の様子を見ながら、莉紗は去年の夏、アフリカ出発を控えた数日前に下原に言われたことを思い出していた。

「冬月って莉紗にはなんでも話すよなー」

当時の事務所を出て駅まで歩く道で、下原が言った。

「私のことなんだと思ってんだろうね」

莉紗はフッと笑った。たしかに冬月は莉紗になんでも言う。仕事のパートナーとして厳しいことも言うし、弱音も吐く。日常に起きたどうでもいいことも話すし、プライベートの相談事もしてくる。

「でも、莉紗は違うんじゃない？」

「え？」

「冬月になんでも話せてる？」

いきなり問いかけられ、莉紗は言葉が出なかった。下原は、莉紗の気持ちを見抜いているようだ。

「莉紗の気持ち、いつかちゃんと伝えてみてもいいんじゃない？」

「え」

「冬月とラーメン屋行くと、いつもあいつ、煮卵くれるんだ」

突然、話が飛躍した。莉紗は意味がわからず、首をかしげた。

「俺それ、あいつの優しさだと思ってたら、嫌いなんだって。早く言えよなー」

「何それ」

なんだか力が抜け、笑ってしまった。

「俺たちずっと一緒にいて、なんでも知ってると思ってたけど、案外知らないこともあんのな」

下原の言葉を、莉紗はじっと考えた。

「ちゃんと言葉にしないとわからないことってたくさんある。大切なことはとくに」

たしかにその通りだ。莉紗の気持ちは、そばで見ている下原にはお見通しなのに、冬月にはまったく伝わっていない。察してほしい、わかってほしい。そう思っているだけではダメだ。

「莉紗、あいつはさ、ちゃんと人の気持ちを受け止めてくれる人だと俺は思うよ」

「うん」

受け止めてもらえるだろうか。莉紗は口元だけで笑みを浮かべながらうつむいた。

下原のアドバイスを思い出していた莉紗は、電話をしながらメモを取っている冬月を見た。

「ゼロ、キュウ、ゼロ……」

数字をひとつずつ復唱しているところを見るに、『大切な人』の連絡先がわかったのだろう。さっきまでどんよりと沈んでいた冬月の目は、完全に輝きを取り戻している。やはり莉紗は、思いを口に出せそうもなかった。


宏樹は会社の休憩スペースでスマホを取り出し、熱心に検索していた。先ほどから【産後うつ】【産後ケア】などのキーワードを打ち込み、病院のホームページや産後の女性の体験談を読んでいた。

「神崎さん、投資関連でナチュラル食品から紹介したい企業があるみたいなんで、対応お願いできます?」

木下が呼びに来た。

「わかった、すぐ行く」
宏樹はスマホをしまった。

美羽はキッチンで夕食の準備をしていた。どうしても冬月のことを考えてしまい、集中できずにいると、スマホが鳴った。見ると、フリーマーケットの際に連絡先を交換した田村からのメッセージだ。
《フリーマーケットでお世話になった冬月さんに神崎さんの連絡先を教えておきました！》
冬月。名前を見て、美羽は息を呑んだ。と、同時にスマホが震え始めた。思わずビクリとしてしまう。画面には知らない番号が表示されている。タイミングからして冬月かもしれない。出るべきかどうか迷っているうちに、電話は切れた。
話したい。話したいことが、たくさんある。だけど、冬月の声を聞いたら……。

——どうしたらいいの……。

事務所の廊下に出て電話をかけたが、美羽は出なかった。やはり拒絶されているのかもしれない。冬月は繋がらなかったスマホをじっと見つめた。

「……どうだった？」

部屋に戻ると、莉紗が声をかけてきた。

「え？」

「電話、話せたの？」

「いや……」

冬月は目を伏せた。

「はぁー。こっちは一生懸命働いてるっていうのに、誰かさんは心ここにあらず、ですか」

莉紗はこれ見よがしに大きなため息をついた。

「……ごめん」

冬月は気持ちを立て直し、仕事を始めようと席に着いた。

「冬月、私ね……」

莉紗に声をかけられ、顔を上げた。

「もう一度、フェアトレードで成功して学校づくりやるっていう私たちの夢、下原との三人の夢……終わらせたくないんだ。絶対実現したい。諦めたくない」

「ああ」

「でも私ひとりじゃ無理。冬月がいてくれなきゃ、冬月が必要なんだよ」

莉紗は身を乗り出すようにして、語りかけてきた。

「冬月にとって大切な人だってことはわかってるけど、こっちのこともちゃんと考えてほしい」

「うん。本当にごめん」

冬月だって、もう一度やり直したい。アフリカに学校をつくりたい。その思いは変わっていない。

「じゃあ気合い入れて！　これから忙しくなるんだから！」

「うん」

「大手の商社、紹介してもらえそうだから。冬月はフェアトレードの商品置いてくれるお店とか回り始めてもらわないと」

莉紗は書類などの荷物をまとめ、鞄に入れている。

「わかった」

冬月が返事をすると、莉紗はくるりと背を向けて出かけていった。その後ろ姿を見送りながら、自分も初心を忘れぬよう、心に誓った。気合いを入れなければと思うのだけれど、やはり心に美羽のことが引っかかっている。

事務所内をぐるりと見回した冬月は、棚の写真立てに気づいた。莉紗が飾ったようだ。写真立てにはアフリカで撮った冬月と莉紗、下原の三人の写真が飾ってある。笑顔の三人からは、エネルギーが満ち溢れていた。

冬月は写真をじっと見つめた。


今日は栞がすんなりと寝てくれた。美羽は栞をベッドに寝かせて、布団をかけた。眠っている栞は、冬月の子だ。でも、言えない。絶対に、誰にも言えない。美羽がひとりで抱えて生きていくしかない。

「美羽、どうした？」

いつの間にか、宏樹が背後に立っていた。

「え」

「なんか、ずっと考え事してるみたいだから」

宏樹は心配そうに美羽の顔をのぞき込んでいる。でも美羽は宏樹の顔を見ることができない。

「気のせいならいいんだけど」

「うん、ごめんね。心配かけて」

笑おうとしたが、うまく笑えない。宏樹が気遣うように言う。

「産後うつとかさ、ホルモンバランスで気分が落ち込むんだって」

「ああ、うん」

「そんなの俺より詳しいか。でも、夜はまとまって眠れないし、昼間もずっと栞の育児も家事もひとりでやってるからな」

「ちょっと疲れてるだけだよ」

美羽はどうにか笑顔をつくった。

「ほんとに無理しちゃダメだよ。何かあるなら言って。仕事ならなんとかなるから」

宏樹は美羽の目を真っすぐに見つめた。「美羽が大事だし、もちろん栞のことも」

「……うん、ありがとう」

宏樹は優しくほほ笑んだ。

「ほら、またいつ起こされるかわかんないから寝るぞ！」

「うん」

「おやすみ」

宏樹はベッドに入った。

「おやすみ」

美羽は、ベッドに入る宏樹と、その奥のベビーベッドで眠る栞を見つめた。幸せな光景のはずなのに、どうしてこんなことになってしまったのだろう。罪悪感で押しつぶされそうだ。

　宏樹は会社の昼休みに浅岡の店に顔を出し、最近の美羽の様子を話した。もしかしたら産後うつかもしれない。出産後、慣れない育児に疲れているのなら、心身のケアをしてくれる産後ケアのサポートを受けたほうがいいのかもしれない……と。

「産後ケア？　何それ」

　浅岡はピンときていないようだ。カウンターの向こうで目を丸くして宏樹の顔を見ている。

「聞く人、間違えました」

　宏樹は、はいはい、と小さくうなずいた。

「失礼だな。赤ちゃん産んだばかりのカミさんは、いろいろと大変ってことだろ？」

　浅岡の言うことは、とりあえず間違ってはいない。

「眠れなかったり、ずっと考え事してたりして……俺には話しづらいこともあるみたいだし」

　宏樹は首をひねった。

「女にしかわからないこともあるからな。女の腹の底なんて男は知らぬが仏」

「何言ってんですか」

「まー、カミさんだっておまえみたいに仕事サボって愚痴のひとつやふたつ吐きたいかもな」

「でも子育てはサボれないですもんね」

「サボってもいいいんじゃない？」

「え」

「子育てって、別に母親だけの仕事じゃないだろ」

浅岡の言葉に、ドキリとしてしまう。

「そりゃ、母親にしかできないこともあるけどよ。おまえが代わってあげられることもあるんじゃないの？」

「たしかに」

「まあ、偉そうに言ってるわりに、俺はなんもできなかったけどな」

浅岡が苦笑いを浮かべているのを見ながら、宏樹は美羽と栞のことを考えていた。


その頃、美羽はケージの中のチーちゃんに餌をやっていた。チーちゃんは何も知らない様子で、美羽が餌をあげて水を替えて、世話してくれるのを待つだけだ。美羽はぼんやりとチーちゃんを見つめていた。

餌をやり終え、ベビーベッドを見ると、栞は静かに眠っている。美羽はスマホを手に取った。着信履歴を開いて、電話番号を見つめる。おそらく、いや絶対に冬月だろう。折り返し電話をかけるか迷ったけれど、結局、発信ボタンを押すことはできなかった。

美羽は深いため息をついた。

冬月は外回りに出た。雑貨店のリストを見ながら、順番に電話をかけてみる。

「これから伺ってもよろしいでしょうか？　ありがとうございます」

通話しながら思わず頭を下げた。一軒の店が、話を聞いてくれるという。電話を切って、スマホの画面を目にすると、つい美羽の番号を見てしまう。

でも今は仕事だ。冬月は気持ちを切り替え、歩きだした。


仕事帰り、宏樹は『ねこやなぎ』に立ち寄った。

「宏樹さん！」

ひとりで店番をしていた真琴が顔を上げ、笑顔になる。

「すごい良いお店だね、驚いた」

「え、どうしたんですか？」

真琴は宏樹を歓迎し、カフェスペースに案内してくれた。

「美羽、最近何か真琴ちゃんに話してない？」

注文したコーヒーを飲みながら、宏樹は真琴に尋ねてみた。

「いや、別に」

「産後の疲れかなとは思うんだけどさ……なんか悩んでるみたいで」

「新米ママですからねー。いろいろと大変ですよ」

三十歳の真琴はまだ若いが、先輩ママであり、しっかりしている。

「なんかしたいけど、正直、何していいかわかんなくて」

「新米パパですもんね。そうだなぁ、やっぱり体力的にキツイから、少し子どもから離れられる時間があったら嬉しいかな」

「そうなんだ……」

「でも、宏樹さんのほうは体調大丈夫なんですか？」

「え？」

意外な質問に、宏樹はきょとんとしてしまった。

「実は、前に出勤中の宏樹さんが辛そうにしてるの見ちゃったんですよ、なんか声かけられない感じで」

「あー、見られてたのか。でも俺は体調とか別に……」

「もしかして、メンタル……とか？」

鋭い指摘に、宏樹は苦笑いを浮かべた。

「まぁ、いろいろ。大きい会社だからね」

「大変ですよね。なんか、立ち入っちゃってごめんなさい」

「美羽にはこういう話あんまりしてないから、内緒ね」

「はい、心配させたくないですもんね」

「うん。でも、栞と美羽のおかげで、今はもうなんともないから」

栞が生まれ、仕事以上に大切なものが見つかった。これまでは、とにかく成績を上げて成功することばかりを考えていたが、生まれてきた栞の顔を見た途端に価値観が変わってしまった。夜も以前より深く眠れるようになって体調もいい。

「そうですか。あ、じゃあ美羽さん誘ってごはんとか行ってもいいですか？」

「うん、ありがとう！　栞は俺が見るから」

「ありがとうございます！」

真琴に連れ出してもらって、美羽に気分転換してもらおう。宏樹は、自分にできることを見つけてウキウキしてきた。


栞が生まれて以来、早く帰ってくるようになった宏樹は、今夜も栞をお風呂に入れてくれた。風呂から上がると栞の体を拭き、オムツをつけてロンパースを着せる。それから慣れた手つきで抱き上げ、ミルクを飲ませ始めた。哺乳瓶に勢いよく吸いつき、ごくごくとミルクを飲む栞を、宏樹は目を細めて愛おしそうに見つめている。

「よく飲むな～、うまいか～？」

そんなふたりの様子を見守りながら、美羽はキッチンで洗い物をしていた。と、スマホが震えた。心臓が跳ね上がったが平静を装い、キッチンの中でこっそりスマホを見た。冬月の番号から、ショートメッセージが届いている。

開くべきかどうすべきか、ぐるぐると迷っていると「美羽！」と、宏樹に呼ばれて現実に戻った。

「ごめん、タオル持ってきてくれない？」

「う、うん」

咄嗟にスマホをポケットにしまい、洗面所にタオルを取りに行った。


冬月は何度も文章を打っては消し、何度目かにようやくメッセージを送り終えた。

ふう、とため息をついていると、莉紗が外回りから帰ってきた。もう九時だ。

「莉紗、ちょっといい？」

鞄を置き、中から資料を出している莉紗に声をかけた。

「ん？」

「明日、一日休みもらえないかな？」

尋ねた冬月の顔を、莉紗は何か言いたげに見つめる。

「これで最後にするから」

冬月が真剣に頼み込むと、莉紗はしばらく考えた後、明るく笑った。

「わかった。どーせ止めても聞かないだろうし、行ってこい！」

「うん、ありがとう」

冬月は莉紗に感謝し、笑い返した。


宏樹と栞が寝ているのを確認し、美羽はそっと寝室を抜け出した。スマホを手にベランダに出る。六月も半ばになり、梅雨の真っ最中だが、この日はきれいな月が出ていた。すこし湿り気を帯びた夜風が、静かに吹いている。

宏樹が起きてこないのを確認して、冬月から届いたショートメッセージを開いてみる。

『冬月です。急に連絡してごめん。俺は夏野が、今、幸せでいてくれればそれでいい。だから最後にもう一度だけ会って話したい。明日、あの給水塔の下で待ってる』

読み終え、スマホを閉じた。

明日、どうしよう。いずれにしても、栞がいるのだし、会いに行くことはできない。

美羽はベランダの手すりに寄りかかり、夜空を仰いだ。

翌朝、出勤する宏樹を玄関まで見送りに出た。

「今日も六時には会社終わるから」

靴を履いた宏樹が、美羽を見上げた。

「うん、わかった」

美羽は口元だけでどうにかほほ笑んだ。

「ん？　もっと早く帰ってこようか」

「え、ううん、大丈夫……」

「そう、いってきます」

「いってらっしゃい」

出ていく宏樹を見送り、美羽は小さくため息をついた。


家事と育児をこなし、時計を見ると昼前だった。給水塔の下で待っていると言ったけれど、冬月はもう来ているのだろうか。今すぐにでも彼のところへ向かいたい気持ちと、絶対に会ってはいけないという気持ちがせめぎ合う。

今、何よりも優先して考えなくてはいけないのは栞のことだ。そろそろオムツを替える時間だと抱き上げながら、やっぱり冬月のことを考えてしまう。

思い悩んでいる間に、時計の針は、午後一時を回っていた。スマホを手に取り、冬月とのメッセージを開いてみた。

『最後にもう一度だけ会って話したい』

メッセージを読み、オムツを替えて機嫌のいい栞を見つめた。いったいどうしたらいいのだろう。

宏樹は自席でスタートアップ企業の資料を読んでいた。

「いいっすね、平和そうで。こっちは地獄ですよ」

外回りから帰ってきた篠崎が隣に腰を下ろした。表情には疲れがにじんでいる。

「うまく進んでるらしいじゃん。篠崎が現場をまとめてるって」

「それ、全然嬉しくないです。神崎さんのせいで負担が増えてるだけですから」

恨みがましそうに言う篠崎を見て、少し前は自分も仕事に追われ余裕がなかったことを思い出す。

「神崎さん、先日アポ取られたスタートアップ企業の方が来てます」

木下に呼ばれ、宏樹は「ああ、今行く」と、資料を手に席を立った。

「篠崎、頑張れよ、おまえならできるよ」

声をかけて、会議室に向かう。

「え、なんすかそれ……」

篠崎はまんざらでもなさそうだった。

会議室に行くと、女性が待っていた。名刺には水木莉紗とある。同世代だろうか、潑《はつ》剌《らつ》とした雰囲気だ。

「フェアトレードですか」

宏樹は莉紗に渡された資料を改めて見た。

「はい。現地の過酷な労働環境を変え、生産者たちの生活改善にも取り組んでいます」

莉紗が熱っぽく語り始める。宏樹は話を聞きながらうなずいた。

「共同経営者に冬月という者がおりまして。彼は現地に長期間滞在して、生産者ひとりひとりと向き合って、一緒に環境を変える活動をしています」

「ひとりひとりと？」

「ええ、汗を流して一緒に働きながら……あるときなんて、生産者のご自宅に居候させてもらったまま、数カ月帰ってこなかったこともありました」

「へぇ」

そういう生き方があるとは、宏樹には想像もつかない。新鮮な驚きだ。

「人と人との繋がりを大切にする、それが冬月の考えなんです」

「どんな人とも同じ目線に立つことができる方なんですね」

「そうなんです！」

莉紗はぱっちりとした目をさらに見開き、語りだした。「まぁ、自由奔放すぎて大変なこともあるんですが、でも発想力と行動力が人一倍あって、不思議と人の心をつかんでしまうんです」

「素敵な人なんですね」

宏樹はほほ笑んだ。

「あ、はい」

莉紗は照れくさそうに、前のめりだった姿勢を戻した。

「一度お会いしてみたいな」

「ではまた改めて、冬月を連れてお伺いさせていただいてもよろしいでしょうか？」

「ええ、ぜひ」

「ありがとうございます！」

莉紗は立ち上がり、頭を下げた。


美羽は抱っこ紐の栞と共に、スーパーで買い物をしていた。食品を選んではかごに入れていたが、夕飯のメニューも決まっていない。冬月はまだあのベンチで待っているのだろうか。買い物をしていても、森の奥の給水塔の光景ばかりが、美羽の頭を占めていた。

冬月は午前中からずっと、給水塔のそばのベンチに座っていた。手の中には美羽がつくってくれた栞がある。羽根をくちばしに咥えて飛び立つ鳥の刺繍に触れ、祈るように握りしめた。

スーパーを出て歩いていると、バス停が見えてきた。『城東団地経由』と書いてある案内板を見て、思わず足を止めてしまう。

「栞」

美羽は抱っこ紐の中の栞を見た。そしてもう一度、バス停を見上げた。

「お腹すいたね、おうち帰ろう」

心を決め、自宅に向かって歩きだした。

――私はもう子どもを持つ母親だ。あなたの声、あなたの顔を……私は見ることができない。

自宅に着くと、栞はすんなりと眠ってくれた。お昼寝用マットで眠る栞を見下ろし、夕食の準備を始めるとスマホが震えた。

冬月くん?

一瞬緊張が走ったけれど、画面を見ると真琴からの電話だった。

「真琴、どうしたの？」

『美羽さん、今度の土曜日、ランチでも行きません？』

いきなり真琴の明るい声が聞こえてくる。

「え？」

『たまにはママだって外で羽伸ばさなきゃ！』

「でも、栞もいるし……まだ外食とか連れていけないし」

『ベビーシッターは予約済みなんで！』

「ベビーシッター？」

美羽は意味がわからずに問い返した。

冬月は夜、事務所に戻った。もう八時半だが、まだ莉紗が仕事をしていた。疲れきり、どさりと自席に腰を下ろすと、莉紗が顔を上げた。

「冬月？」

「終わったよ」

「え」

「全部終わった」

冬月は自分に言い聞かせるように言った。事務所内に、しばし沈黙が流れた。

「……じゃあ時計の針を進めなきゃね」

莉紗が口を開いた。「何度でもゼロから始められるって、誰かさんがよく言ってるじゃん」

「誰だよ、それ」

思わず笑ってしまった。いつもそう言っているのは、冬月自身だ。

「やけに真っすぐで、ちょっと面倒な人」

「おい！」

冬月もいつもの調子になり、明るくツッコミを入れた。

「前に進もう」

「ああ」

「下原の分も」

莉紗が強い視線で、冬月を見る。

「そうだな、莉紗に負けてられない」

すべてここから再スタートだ。冬月は気合いを入れ直した。

美羽はこの日はほとんど心ここにあらずの状態で、ため息交じりに冬月のことばかり考えていた。栞や宏樹の顔を見ては、これではいけないと心に言い聞かせ、ようやく一日を終えた。夜、ぐったりとしてベッドに入ったけれど、眠りは浅かった。

うっすらと目を開けて時計を見ると、まだ十一時前だった。ベビーベッドに視線を移すと、栞はすやすやと眠っていた。何気なく宏樹の寝ているほうを見ると、姿がなかった。どうしたのかと思っていると、キッチンから物音が聞こえてきた。

キッチンに行くと、宏樹が不器用な手つきで野菜を切っていた。ニンジンやジャガイモが切ってあるが、あたりは散らかっていて、悪戦苦闘しているのが明らかだ。

「起こしちゃったか？」

宏樹が、起きてきた美羽に気づいて顔を上げた。

「どうしたの、これ」

「つくっておけば、明日食べられるだろ」

宏樹はクリームシチューをつくってくれていた。

「でも久しぶりすぎてハードル高すぎたわ」

照れくさそうにしている宏樹に、美羽はフッと笑った。

「手伝うよ」

美羽もキッチンで手を洗い、宏樹と並んでキッチンに立った。

――六年前、結婚したばかりの頃、美羽が急いで仕事から帰ってくると、宏樹がキッチンに立っていた。

「おかえり！」

「え？」

「美羽が好きなクリームシチュー」

宏樹は得意げに笑った。「最近、疲れてるだろ？　こういうときはしっかり食って、しっかり寝ること！」

「宏樹だって仕事大変なのに……」

夕飯づくりの時間に間に合わず申し訳ない気持ちでいたが、宏樹はとくに気にすることなくまた野菜を切り始めた。

「バラバラ」

美羽はくすっと笑った。

「難しいんだよなー」

宏樹は不格好なジャガイモを切り直そうとする。

「そのままでいいよ、これがいいの……宏樹のシチュー食べると元気出る」

美羽の本音だ。宏樹の優しさを感じて、仕事の疲れはいつの間にかどこかに吹き飛んでいた。


「やっぱりバラバラ」

まな板の上のニンジンやジャガイモの不格好な形は六年前と変わらない。

「ごめんな」

顔を上げた宏樹と目が合い、ふたりは照れながら見つめ合った。

「……ありがとう」

美羽は思いを込めて言った。

「好きなものだったら少しは食べられるだろ」

「宏樹、変わらないね……」

切ない気持ちが込み上げてきて、鼻の奥がツンとしてくる。


シチューができるのを待つ間、ふたりでキッチンを片付けていると、宏樹が言った。

「美羽、あのさ」

「ん？」

「俺、今をすごく大事にしたいと思ってるんだ」

宏樹が、自分の思いをぽつりぽつりと語りだした。

「もっと早く美羽の話をちゃんと聞いて、子どものこと考えるべきだった……本当にすまなかった。家族が増えるってすごいよな」

「うん」

それは美羽も日々実感している。

「栞のおかげで、こうして笑っていられる」

「……私たち、笑顔がなかったね」

「栞にも、美羽にも感謝してる」

自分はそんなことを言ってもらえる人間じゃない。美羽は言葉が出てこなかった。

「俺は美羽のこと愛してるから」

真っすぐに目を見つめてくる宏樹に、自分も愛していると返すことができなかった。戸惑いや後悔や申し訳なさばかりが溢れてきてしまう。

「美羽？」

「ごめん」

こんな言葉しか言えない自分に苦しくなる。

「いや、俺こそ急にこんなこと言って」

「ありがとう」

美羽はどうにか笑顔をつくった。「なんか、見てたらお腹すいてきちゃった」

「こんな時間だけど、少し食べちゃうか？」

宏樹の提案に、美羽もこくりとうなずいた。


土曜日は真琴とランチだ。久々にひとりでお洒落をして出かける美羽を、宏樹が玄関まで送ってくれた。宏樹は栞を抱っこしている。

「最近いろいろやってもらってばっかりだし……」

なんだか出かけるのが申し訳ない。

「母親だって息抜きしなきゃ」

宏樹は美羽にそう言って「ママが元気じゃなきゃ、栞も楽しくないもんなー」と、栞に笑いかける。

「ミルクは大丈夫だよね、あと……」

「大丈夫、あとは任せろって。ほら、真琴ちゃん楽しみにしてるんだから、早く行きな」

「うん」

「ゆっくりしておいで」

「ありがとう、いってきます」

美羽は玄関を出て、真琴の店に向かった。

約束の十一時半に『ねこやなぎ』に到着すると、真琴がバタバタと出てきた。

「急にこれから一件打ち合わせが入っちゃって、すみません！」

「私は全然いいよ」

「奥でなんか飲んで待っててください」

真琴は美羽をカフェスペースのカウンター席に案内した。

「美羽さん、後でたっぷり話聞きますからね」

真琴はいたずらっぽく笑いかけてきた。

「え？」

「子ども育てるのって大変じゃないですか！　あ、もうウチらママ友ですから！」

「そっか」

「まぁ、ナニ友でもいいんですけど、美羽さんのこと、私、歳離れてても親友だと思ってますんで。だからなんでも話してほしいんです」

気持ちは嬉しい。でも、美羽は一生、ひとりで背負わなくてはいけない罪を背負っている。解き放たれる日は来ない。隠し続けて生きるしかない。

「あ、何飲みます？」

「んー」

話が逸れたことにホッとして、メニューを手に取った。

「美羽さんにおすすめのハーブティーがあって、リラックス効果抜群です」

「じゃあそれにする」

美羽が答えると、真琴はキッチンにいる殿山に「新ちゃん、美羽さんにカモミールのハーブティー」と声をかけた。

「真琴」

ずっと思い詰めていた美羽は、唐突に真琴に聞いてみたくなった。

「はい？」

「なくしたはずの大切なものが突然出てきたらどうする？」

「簡単ですよ。今度は絶対なくさないようにします」

真琴はキッパリと言い切った。

「すでに大切なものがあって、もうそれを手にすることはできないとしたら」

「元カレからもらったプレゼントでも出てきました？」

探るような目で問いかけられ、心臓がドキリと音を立てた。

「いや、違うけど」

気持ちを悟られないよう、薄く笑みを浮かべてみる。

「新しく大切なものができたんだから、一度なくしたものにもちゃんと意味があるんですよ！　だから感謝を込めてサヨナラしちゃいます」

真琴はいつもの明るい調子で言い、にっこりと笑った。

「サヨナラ……」

「そのプレゼント、困ってるならもらいますよ?」

「違うから」

今度はうまくごまかせず、少し強い口調で否定してしまった。真琴が何か言いたげに美羽の顔を見たところに、ひとりの男性が飛び込んできた。

「すみません、遅れてしまって!」

「あ、どうぞ、こちらに」

真琴の打ち合わせの相手のようだ。美羽は何気なく顔を向け、息を呑んだ。冬月だ。冬月も気づいたようで、美羽を凝視したまま立ち尽くしていた。

「どうぞ座ってください」

真琴は冬月にソファ席を勧めた。美羽は目を逸らし、冬月に背中を向けたが、どうしても気になってしまう。

「フェアトレード?」

「はい。私たちの会社で取り扱ってる商品を置いていただけないかと……」

冬月が真琴に事業内容を説明する声に、耳をそばだてる。

「栞ちゃん元気ですか?」

殿山の声で、ハッと現実に引き戻された。殿山はニコニコしながら、美羽の前にハーブティーのカップを置いた。

「え……うん」

背後の冬月が気になってしまう。

「可愛いですよねぇ、この前は一瞬だけしか会えなかったから、今度連れてきてくださいね！」

殿山はそう言うが、美羽はなんと答えたらいいのかわからない。背後で話していた冬月が、一瞬、言葉を呑んだ様子が背中越しに伝わってくる。

「どうしました？」

動揺する冬月に、真琴が声をかける。

「すみません。こちらは、アフリカの……」

冬月は説明を続けた。

「今日は旦那さんが面倒見てるんですか？」

殿山は無邪気に尋ねてくる。

「……え、うん」

「いいパパっすねー」

殿山の声が店中に響き渡る。美羽は、黙っているしかなかった。

「お約束の時間に遅れてしまい申し訳ありませんでした」

やがて冬月が説明を終え、そそくさと立ち上がった。

「いえいえ。またご連絡します」

「ありがとうございます。では失礼します」

冬月が帰ってしまう。美羽は思わず振り返ってしまった。冬月も、美羽を見ていた。

一瞬だけ、視線が絡み合う。

美羽はすぐにカウンターに向き直った。冬月も帰り支度をして店を出ていく。真琴が冬月を店の外まで送っていった。美羽はその間にどうにか動揺を抑えようと、息を整えた。

「すぐ支度するんで！　もうちょっと待っててください」

真琴が戻ってきて、美羽に声をかけた。

「う、うん」

喉が詰まってうまく声が出てこなかったけれど、どうにかそれだけ返事をした。

「さ、行きましょ、行きましょ」

ランチの店に向かうために、真琴と『ねこやなぎ』を出た。だが、美羽は表情をうまくつくれずにいた。

「美羽さん、ひょっとして栞ちゃんのこと気になっちゃってます?」

真琴が心ここにあらずの美羽に気づいたのか、顔をのぞき込んできた。

「え?」

「心配になっちゃいますよねー。わかります。ごはん、また、今度にしましょうか」

「え……うん。ごめん」

栞のことも、もちろん気になる。でも何より、冬月が気になって、今日はとても楽しくランチをするのは無理そうだ。

「全然!　栞ちゃんも寂しがってると思うし。また今度、行きましょ!」

「ほんと、ごめん……」

美羽はそのまま真琴と別れ、駅に向かって歩きだした。


真琴はひとり、店に戻った。

「あれ、どうしたんですか?」

殿山が声をかけてきた。

「しょうがないよね、赤ちゃんと離れると不安になるから」

真琴は鞄を下ろした。と、その中に美羽へプレゼントするつもりだったハーブティーが入っていることに気づいた。

「渡すの忘れた！」

まだ別れてからわずかな時間しか経っていない。すぐ近くにいるだろう。真琴は急いで店を出て、美羽を追った。


どうして冬月くんが……。

予想外の出来事に美羽の頭の中はぐちゃぐちゃだった。苦悩し、重い足を引きずるようにして歩いていた。でも、冬月と話せるチャンスは今しかないかもしれない。美羽は足を止めた。

やっぱり、今だ。美羽は決意して、脇目も振らずに歩きだした。


真琴が駆け足で駅に向かっていると、歩いている美羽の姿が見えた。栞のことが気になるだろうから今日は解散しようと提案したのに、美羽は急いでいるようにも見えない。それどころか、何かを思い悩んでいるかのように、ゆっくりと歩いている。宏樹が心配していたように、育児に思い悩んでいるのだろうか。

「美羽さ……」

声をかけようとしたとき、美羽が立ち止まった。近づこうとしたが、美羽はしばらくするとさっと顔を上げ、足早に歩きだした。その様子がどこか鬼気《きき》迫っているようで、声をかけることが躊躇われた。

心が急く。美羽はスマホを取り出し、履歴から冬月の番号を探し当て、タップした。

冬月はすぐに出た。

「冬月くん？　ごめん、今どこ？　今から会える？」

美羽はいつの間にか、走りだしていた。


三十分後、美羽は給水塔のそばのベンチで冬月を待っていた。梅雨の晴れ間の、静かな昼下がり。あたりの木々は色濃く、むせ返るような空気が満ちている。そこに、タクシーが滑り込んできた。ドアが開き、冬月が降りてくる。

「夏野」

冬月が真っすぐに近づいてきた。

「まさか、会えると思わなかった」

「あそこ、親友のお店で」

「そう」

冬月はうなずき、無言で見つめている。美羽は言う。

「この前はごめん。図書館で、急で、どうしていいかわからなくて」

「いや、俺もあんなことして……」

違う。そうじゃない。冬月は謝ることはない。美羽は冬月の言葉を遮《さえぎ》って、口を開いた。

「電話も出なくて、会いにも行けなかった」

美羽だって会いたかった。話したかった。その気持ちは、本当だ。

「何も伝えられなくて……ちゃんと話さなきゃと思ってたんだけど……」

美羽が言うと、冬月は次の言葉を待ってくれた。美羽は決意を込めて冬月を見つめた。

「私、子どもが生まれた。夫とも復縁したの。子どもを、今の家庭を、幸せにしたい。だから……ごめんなさい」

身が引き裂かれるようだった。でも、栞のことを思い、そして宏樹のことを思い、強い気持ちで言い切った。そんな美羽の言葉に、冬月は静かに首を振った。

「夏野が幸せならいいんだ」

冬月はぎこちなく笑顔をつくる。

「死にそうになったとき、夏野と出会えたこと、本当に神様がくれたプレゼントだって思った。ありがとな」

ほほ笑まれ、美羽は力なく首を横に振った。

「冬月くんには、昔も、今も、ずーっと助けてもらってばっかりで。いつも苦しいとき、私に元気をくれた。どんなに助けられたかわからない。私も、すごく大切なプレゼントをもらったよ。ありがとう」

思いを込めて、感謝の気持ちを伝えた。

「だから……勝手だけど……私も冬月くんが幸せでいてくれることを願ってる。生きてくれて嬉しかった」

伝えると、冬月の目から一筋の涙がこぼれた。

「え」

「俺は……」

冬月の目から、とめどなく涙が溢れる。

「冬月くん……」

「ごめんな……俺……ほんとに、何もできなくて。結婚してる夏野のこと愛しちゃいけなかったんだ。それなのに待たせたまま迎えにも行けなかった」

冬月は今にもその場に崩れ落ちそうだった。

「仲間も、大切な夢も、大切な人たちも、夏野のことも、何ひとつ守れなかった」

「……冬月くん」

思わず冬月に近づき、背中をさすろうと手を伸ばした。その手を、冬月がつかんだ。手をぐいっと引かれ、気がついたら美羽は冬月の腕の中にいた。冬月は美羽を力強く抱きしめ、背中を震わせて泣いていた。

美羽も感情を抑えきれなくなり、冬月の背中に手を回した。

その手は涙を流す冬月を、包み込むように抱きしめていた。


ただならぬ様子の美羽を追ってきた真琴は、少し離れた場所から一部始終を見ていた。

美羽が、さっき自分の店に来た冬月とふたりで会い、抱きしめ合う姿に、衝撃を受けた。

いったいどういうことだろう。真琴は混乱したまま踵を返し、その場を離れた。


同じ頃、宏樹はマンションのリビングで栞をあやしながら、美羽の帰りを待っていた。

「ママもうすぐ帰ってくるからねー」

栞にニッコリ笑いかけながら、家族がいる幸せを実感していた。

5

宏樹はガラガラを手に、栞をあやしていた。機嫌よくしていた栞だが、次第に顔がくしゃくしゃになり、ついに声を上げて泣き始めた。

「あれー、オムツかな?」

宏樹はテーブルの上にガラガラを置き、抱っこして背中をとんとんと優しくたたいた。その拍子に宏樹の体がテーブルに当たり、ガラガラがガシャーンと音を立てた。すぐに拾おうとしたものの、栞を抱いているのでなかなか身動きが取れない。宏樹は床を転がるガラガラを目で追っていた。


真琴は信じられない思いで、木立が茂る道を早足で戻っていた。

「不倫?　嘘でしょ?」

考えれば考えるほど、真琴の眉間のしわは深く刻まれていった。


冬月はひとり、古い図鑑などが並ぶ書架に入っていった。『鳥類図鑑』や『動物図鑑』が並ぶ棚の前に立ち、鞄から美羽にもらった栞を取り出した。

もうこれで終わりだ。今日で思いを断ち切らないといけない。

中学一年生のときにふざけて美羽の栞を隠した日と同じように、書架から古い本を取り出し、手にした栞を挟むためにページをめくった。と、まさに中学生の頃に挟んだあの栞が出てきた。アフリカへ出発する前に美羽に「持っていて」と渡したものだ。冬月はその古い栞を手に取り、じっと見つめた。

ついさっき――。

思いを抑えることができずに、美羽を衝動的に抱きしめてしまった。感情が込み上げて、自分でも驚くほどに涙が止まらなかった。今度は拒絶されることもなく、美羽も冬月を受け止めてくれた。しばらく美羽を抱きしめて泣き、気持ちを立て直した冬月は静かに体を離した。

冬月は美羽に照れ笑いを浮かべた。美羽も笑みを返してくれた。

「落ち着いた？」

「今のはさ……あー、あれだ。ありがとうのハグだから！」

「うん」

冬月は明るく言った。

「もう大丈夫」

「うん、じゃあ、もう行くね！」

「ああ、さようなら」

「さようなら」

美羽は笑顔のまま背を向け、バス停のほうに歩きだした。

遠ざかる背中を追いかけたい。その手を取って走りだしたい。でも美羽には大切な家族がいる。美羽のしっかりとした足取りの先に、幸せが溢れていますように。冬月は祈りと共に、自分の思いを封じ込めた。

そして冬月も美羽に背を向け、図書館の方向へと歩き出した。ふたりは振り返ることなく別々の道を歩き、給水塔から離れていった。


冬月の回想は途切れ、現実に戻った。

そして、笑みを浮かべながら新しい栞と古い栞をページに挟み、本を閉じた。ふたりの思いは、ここに閉じ込められた。冬月は本を大切に棚に戻し、図書館を後にした。


一時過ぎに自宅に着くと、栞を抱っこした宏樹が玄関に出てきた。

「おかえり。ほら、ママ帰ってきたぞー」

「ただいま！」

美羽は栞の顔をのぞき込んだ。

「よかったなぁ、待ってたもんなー」

宏樹が栞を渡してくる。美羽は栞を受け取り、宏樹と一緒に栞に笑いかけた。


――おかえりと言ってくれる家族。私が選んだ……私の宝物。


翌日、日曜日の午後、真琴は幸太の手を引き、美羽のマンションへ向かって歩いていた。一時退院中のかずみを囲んでの食事会で、真琴にも声がかかったのだ。

でも真琴の頭の中は、昨日、冬月と美羽が抱き合っていた光景がこびりついて離れなかった。この後いったいどんな顔をして美羽と会ったらいいのかわからずにいた。

マンションまでの足取りも重い。何度目かのため息をつくと、幸太が真琴を見上げた。

「ママ、コイワズライ?」

「どこでそんな言葉覚えたの?」

最近の幸太は、ほぼ大人と同じように会話ができる。とはいえ、さすがに『恋わずらい』とは驚きだ。

「新ちゃんが教えてくれた」

「何教えてるのよ……」

思わず独り言を言い、「違うよ、恋わずらいなんかじゃないよ！」と否定して、元気よく歩き出した。でもやっぱり、いつものように明るくは振る舞えそうもなかった。

ほどなくして、真琴は美羽のマンションに到着した。リビングに通されて食事の席に着くと、栞を抱いたかずみが声をかけてくる。

「真琴ちゃんに会いたくて、私がワガママ言っちゃったのよ」

「お見舞い行けなかったんで、私も嬉しいです！」

真琴は明るい笑顔を向けた。

「一時退院してる間に、真琴ちゃんのお店にもお邪魔させてちょうだいね」

「ぜひ！」

「ほんと良いお店なんですよ」

宏樹が言った。本来なら嬉しい言葉だけれど、宏樹に対しても複雑な気持ちだ。

「栞産んだら、真琴のすごさが余計わかるようになったよ」

美羽が言う。

「全然。幸太が産まれたときは美羽さんにも迷惑かけちゃってたし、みんなのおかげで」

真琴が話している途中で栞が泣き始めた。抱いていたかずみが「よしよし」と体を揺すってあげている。

「フフ、美羽にそっくり」

かずみは栞の泣き顔を見て、ほほ笑んだ。

「そうなんですよね」

宏樹はどこか拗《す》ねたように言う。

「そのうち宏樹さんにも似るわよ」

「いいんですけどね、女の子なんで」

かずみと宏樹のやりとりを、美羽はぎこちない笑みを浮かべて聞いていた。真琴はそんな美羽をチラッと見て、違和感を抱いていた。

「お腹減ったのかな」

美羽は栞をかずみから受け取った。

「さっきミルク飲んだよね？」

と、宏樹が声をかける。

「じゃあオムツかな」

美羽と宏樹はふたりで協力しながらオムツの交換を始めた。

「大変だ」

かずみは新米パパとママの姿をほほ笑みながら見守っている。

「……ちょっと羨ましいな」

真琴の口からぽろっと本音が出てしまった。

「わかるわよ」

かずみが真琴の背中をそっと撫でてくれた。

「え」

「私も美羽を産んですぐに夫と別れたから」

「私の元夫なんてオムツひとつ取り替えてくれませんでした」

「夫婦でいられるのって、実は奇跡よね」

かずみの言葉を聞きながら、真琴は複雑な思いで美羽の横顔を見つめた。


夕方、真琴は幸太をおんぶした宏樹とバス停までの道を歩いていた。昼寝してしまった幸太を起こして連れて帰ろうとしたところぐずったので、宏樹が送ってきてくれたのだ。

「すみません……重いですよね」

「五歳だっけ？」

「そろそろ六歳」

もう来年の春には小学生だ。

「そっか、こんなに大きくなるんだなー」

「こんなパパがいたら、それだけで幸せですよね」

真琴はしみじみ言った。今日はつい、本音が口をつく。

「え？」

「あー、ごめんなさい。美羽さんと宏樹さん、ほんと、いい夫婦だなと思って」

「いやいや」

宏樹は照れくさそうにしている。

「これまで夫婦の危機なんてないでしょ？」

真琴は本心からそう言った。

「どこの夫婦だって、一度や二度あるんじゃない？」

「あったんですか？」

「俺がずっと見失ってたんだよ。美羽のおかげで、本当に大切なものに気づけた」

宏樹は再び照れたように笑った。「今が一番幸せだな」

「幸せ……」

宏樹の言葉に、昨日見た光景を思い出して、複雑な気持ちになる。

「ん？」

「その幸せ、少しは分けてくださいよ！」

ごまかすように、笑ってみる。

「こんな可愛い幸太くんがいて、真琴ちゃんだって十分幸せだろ」

宏樹に言われ、真琴は薄く笑った。真琴が気になっているのは昨日の美羽のことだ。

だけど、宏樹には言えなかった。


美羽は宏樹の書斎に客用の布団を敷いていた。

「ちょっと疲れたでしょ？　横になって」

リビングのかずみに声をかけた。

「いつまでも見ていられるわよね〜。ほんと、目に入れても痛くないもの」

かずみはお昼寝用マットで眠っている栞をじっと見ている。

「なんでも甘やかすバーバになりそう」

美羽は苦笑いだ。

「でも、今日は美羽の顔が見れて嬉しかったわ」

「え、私？」

「そうよ、娘が元気な顔してるのが一番だから」

かずみは美羽を見上げた。

「ずっと元気でしょ」

「母親だっていろいろあるわよね」

かずみは含みのある言い方をした。

「でも、美羽が乗り越えられたのなら、それでいい」

「……お母さん」

美羽が悩んでいるのを、かずみはお見通しだったようだ。でもきっと、ここまで大きな秘密を抱えているとは、想像していないだろう。

「よかった。美羽、今が幸せね？」

かずみは美羽に笑いかけてくる。

「うん」

美羽はうなずいた。幸せ。その気持ちに嘘はない。

「宏樹さんと、栞と、幸せになってね」

「うん」

宏樹と栞と、三人で幸せに生きていく。美羽は唇をぎゅっと結び、深くうなずいた。


週が明けた月曜日の昼過ぎ、冬月は児童養護施設にやってきた。庭をのぞくと、隼人が子どもたちとサッカーをしていた。しばらく見ていると、隼人が冬月に気づいた。目が合ったので、冬月は軽く頭を下げた。隼人は気まずそうにぴょこんと首を動かし、冬月に近づいてきた。

「下原がよくここのこと話してた。とても大切な場所だって」

冬月は庭先のベンチに座り、施設内を見渡した。

「俺も兄さんも、ここで育ったんで」

「金銭的な援助やいろんな支援は、下原の後を継いで、うちの会社で受け持つから」

「余計なことしないでください。あなたが背負うことじゃないんで」

「……これまで下原と歩いてきた道を途絶えさせたくないんだ。俺は莉紗と隼人くんとしっかり前に進んでいきたい」

冬月の本音だった。

「これまでのことを、無駄にしたくない。下原との思い出を、大切な思い出を、力にしよう」

冬月は隣に座る隼人の顔を強い視線で見据えた。

「隼人くん、力貸してよ」

「……冬月さんって迷惑な人ですね」隼人は苦笑いを浮かべる。

「え」

「ずっと前に兄が言ってた通りです。アイツに頼まれると断れないって」

下原はそんなことを言っていたのか。冬月は笑ってしまった。

「それじゃ、仕事あるんで。すみません」

隼人は軽く一礼して、去っていった。冬月は笑顔で立ち上がり、庭でサッカーをする子どもたちの輪に入っていった。


冬月は、施設の子どもたちとつくった折り紙や似顔絵を事務所の棚に飾っていた。

「どうしたの？　それ」

外出しようとしていた莉紗が色とりどりの工作を眺めて言う。

「下原が支援してた、わかばの里に行ってきた」

「ズルイ！　私も行きたかった」

莉紗が口を尖らせると、冬月は折り紙を手にしてほほ笑んだ。

「みんな上手だったなー。いろいろ教えてもらってたら、つい夢中になっちゃった」

優しい笑顔を見て、莉紗もつい顔がほころぶ。

「この絵は冬月？」

「そ。可愛いだろ」

「実物よりだいぶイケメンに描いてくれてよかったねー」

「ヤキモチ妬《や》くなよ。莉紗の似顔絵は俺が描いてやるから」

「いらないいらない」

ふたりは笑い合った。莉紗がぽつりと言う。

「今度はふたりで行こうね」

「うん」

「じゃあ営業行ってくる」

「いってらっしゃい」

冬月は莉紗を送り出した。


夜、冬月は雑貨店のリストを見ていた。今日まで回った店の欄から、『ねこやなぎ』の店名を探す。

美羽と再会した『ねこやなぎ』は親友の店だと言っていた。冬月はしばらくその電話番号を眺め、意を決してスマホを手に取った。


もうすぐ夜八時。閉店時間だ。真琴は店を片付け始めた。

「幸太、おもちゃ片付けてー!」

奥で遊んでいる幸太に声をかけたところで、スマホが鳴った。

『以前お伺いしたトリアンビションの冬月です』

「え……冬月さん?」

あの給水塔の前での光景が、蘇ってくる。

『先日はありがとうございました。大変申し訳ありませんが、以前、ご紹介した商品が物流の関係で納品できなくなりまして』

「あ、はい……」

『お取引をいったん白紙に戻していただけますか？』

冬月は丁寧に告げ、電話を切った。やっぱり、美羽と何かあるのだ。真琴は切れてしまったスマホを見つめ、じっと考えていた。

翌日、真琴は美羽のマンションを訪ねた。

「ランチしましょう！」

デパ地下で買ってきたお惣菜をテーブルの上に並べていく。

「でも、お店大丈夫？」

「今日は新ちゃんいるんで！　美羽さん、栞ちゃん見ながらのほうが安心でしょ」

「ありがと」

栞はお昼寝用マットですやすやと眠っている。

「あの日、すぐ帰れました？」

真琴はさっそく切り込んだ。

「え、うん」

「栞ちゃん、どうでした？」

「……大丈夫だったよ。ごめんね、なんか」

「全然！　私、美羽さんの話たっぷり聞くって言ったじゃないですか？　ちゃんと約束守りますから！」

「え」

「親友なんで。最近、美羽さん、ずっと元気ありませんでしたよね？」

「え、そうかな」

「宏樹さんも心配してましたよ」

「宏樹も？」

「そうですよ、私の推しを不幸にしたら許しませんから」

冗談っぽく美羽をにらんでみる。

「ごめんね、真琴にも心配かけちゃって」

「私、美羽さんのこと信じてますから。ちゃんと話してくれるって」

真琴は美羽に考える隙を与えず、グイグイ迫った。

「え、あの……自分のなかで迷ってたことがあったんだけど、でも、もう大丈夫だから」

「迷ってたことってなんですか？」

真琴は美羽から目を逸らさなかった。

「結婚して、仕事やめてからずっと家にいるからさ。いつか真琴みたいに働いたりしたいなぁって。フリーマーケット、楽しかったから」

美羽は笑っているが、かすかに動揺した様子だ。

「なーんだ、そんなことですか」

真琴はフッと笑った。

「真琴にとっては、そんなことかもしれないけど」

「美羽さんもできますよ」

「どうかなー。あ、取り皿いるよね」

美羽は真琴の視線から逃れるようにキッチンへ皿を取りに行った。真琴は浮かべていた笑みを引っ込め、真顔で美羽の背中を見つめた。


冬月と莉紗は打ち合わせ先に向かっていた。莉紗が三蔵物産に飛び込み営業をし、アポを取ってきたのだ。日本での再出発。ここで大企業に融資をもらえたら大きいと、ふたりは意気込み溢れる顔でやってきた。

「お待たせしました」

しばらく待っていると、担当の男性が入ってきた。

「お忙しいところ、お時間つくってくださりありがとうございます」

莉紗が立ち上がり、頭を下げた。冬月も立ち上がり、名刺を交換した。

「神崎と申します、よろしくお願いします」

「冬月です。よろしくお願いします」

「この方が」

「はい」

莉紗は打ち合わせの相手と目を合わせ、ニヤリと笑っている。

「え？」

冬月は訳がわからずふたりの顔を見た。

「先日いろいろとお話をお聞きしまして」

「え？　変なこと話してないだろうな」

冬月は莉紗に小声で尋ねたが「さあ」と、とぼけられた。

「お約束通り、なんとか連れてこれました」

莉紗が言う。

「お会いできて嬉しいです」

「いえ、こちらこそ」

冬月は頭を下げた。

「あ、そうそう、この前いただいた資料見て驚きましたよ。一年くらい前に城東コミュニティセンターの図書館でフリーマーケットやられてましたよね？」

「はい」

「私たちが以前やっていた会社が企画しました」

莉紗が言う。

「そこでコーヒーいただいたんですよ、フェアトレードの豆で淹れたコーヒー」

「えー、いらっしゃってたんですね！」

思いがけない巡り合わせに、冬月は嬉しくなる。

「妻が参加してまして」

「奥様はなんのお店を？」

「刺繍の商品を売ったりしてたみたいです」

まさか。冬月の心臓が跳ね上がった。

「刺繍が得意で、けっこううまくつくるんですよ」

「素敵ですね。どんなもの、つくられるんですか？」

莉紗が尋ねる。

「本に挟む栞とか」

答えを聞き、冬月は絶句した。改めて名刺の神崎宏樹という名前を見る。目の前にいるのが美羽の夫だなんて、こんな偶然があるだろうか。それに、フリーマーケットに来ていたと言っていたが、どういうことだろう。あの次の朝、冬月と美羽は……。冬月は鼓動が速まっていくのを感じていた。自分の心臓が耳元で鳴っているようだ。

「あの図書館にもよく行ってたみたいで」

宏樹が続けるが、冬月は顔を上げられなかった。

「失礼します、神崎さん」

ノックの音と共に、宏樹の部下と思われる若手社員が顔を出した。

「ちょっとすみません」

宏樹が席を立ち、ドアのほうに近づいていった。黙り込んでいる冬月を、莉紗がチラッと見たが、言葉が出てこない。

「誠に申し訳ありません。別件でどうしても席を外さなければならなくなりまして」

宏樹が戻ってきた。

「そうですか」と、莉紗が答える。

「また日を改めて打ち合わせさせていただけますでしょうか?」

「はい。もちろん、こちらはかまいません」

莉紗たちのやりとりを聞きながら、冬月はホッとしていた。

「本当に申し訳ありません。これも何かのご縁だと思いますので、今後ともよろしくお願いいたします」

「こちらこそ、よろしくお願いいたします」

「……よろしくお願いします」

動揺を悟られぬよう、冬月はどうにか声を押し出した。


呼びに来た木下と共に宏樹がフロアに戻ると、篠崎ら若手社員が数人集まっていた。

「真鍋部長が銀行からの融資の件でトラブルになって」

篠崎が、困り果てて宏樹に訴えてきた。リーダーの大友は出張中だ。

「そうか」

「神崎さんしか」

篠崎は宏樹の指示を待っていた。

「じゃあ、木下はすぐにプロジェクト本部に状況を伝えて、問題発生を共有してもらって。篠崎は先方に連絡取ってくれ、俺が説明しに行くから」

宏樹はてきぱきと指示を出し、自分も資料などを鞄に詰め始めた。

「プロジェクトの現状はこの資料に」

木下が言う。

「大丈夫。来てた資料には一応一通り目を通してたから。あ、需要リスクの結果出てる？　あるならその資料も出しておいて」

「はい、わかりました！」

「その説明は、篠崎にお願いしてもいいか？」

宏樹は篠崎に声をかけた。

「え、僕ですか」

「マーケットに関しては真鍋部長よりおまえのほうが詳しいだろ」

「……はい」

篠崎は心細そうだ。

「おまえならできるよ」

宏樹が励ますと、篠崎は「はい！」と大きくうなずいた。


「この融資がうまくいったら、かなり大きいねー」

三蔵物産からの帰り道、莉紗はかなりテンションが高かった。

「……うん」

「神崎さんって親身に話聞いてくれるんだよね」

「そう」

「それに、仕事できるって感じだったでしょ？　こっからは冬月の出番だよ」

莉紗は言うが、冬月は三蔵物産とは関わりたくなかった。

「いつもの冬月らしく、神崎さんの心もつかんじゃって！」

「いや、まぁ、どうかな。大きい会社だし」

「何尻込みしてんの、しっかりしてよ！」

「ああ」

たしかに大きなチャンスだ。事業を拡大するためには、仕事に私情を挟むわけにはいかない。だけど、美羽の夫を目の前にして、いったいどうしたらいいのかわからない。


九月になっても、まだまだ暑い日が続いていた。生後四カ月になった栞は、順調に成長していた。

金曜日の夜、美羽は宏樹と夕飯を食べながら、真琴から店で働かないかと提案されたことを話した。

「真琴ちゃんが？」

「栞見ながら、自分のペースで働いていいって」

「いいじゃん！　やりなよ」

宏樹はすぐに賛成してくれた。

「いいの？　私、外に出て」

以前なら美羽が働くなんて絶対に許してくれなかったのに、やはり宏樹は変わった。

「美羽が好きなこと始めてくれるのは、俺も嬉しいよ」

「栞、一緒でも大丈夫かな」

「大丈夫だよ。首も据わってきたし、真琴ちゃんのお店だから安心だし」

「じゃあ、やってみようかな！」

美羽は再び社会に出られるのが嬉しかった。


翌週から美羽が店で働くことになった。真琴が店を開けて待っていると、美羽が栞をベビーカーに乗せて出勤してきた。

「今日からお世話になります」

「よろしくお願いします。可愛い店員さんも一緒ですからね、心強いです！」

真琴は栞を抱き上げて言った。

「娘ともども、何とぞよろしくお願いします」

美羽は張り切っているようだった。


初日から店頭で接客を頑張る美羽を、真琴は見つめていた。

「急に美羽さん雇ったりして何企んでるんすか？」

背後から殿山に突然囁かれ、真琴は「え」と振り返った。

「わかりますよ、俺が使えないからってクビにするつもりでしょ?」

そういう意味か。真琴は苦笑した。

「あのね……子どもと一緒に働いてる店員さんがいたら、ママさんたちも安心して利用できるでしょ」

「なるほど」

「お客さんにとって、君は目の保養、美羽さんは心の保養、わかる?」

殿山は見た目がいい。大事な素質だ。

「え」

「……あと、確かめたいこともあるの」

真琴はぼそっと呟いた。


冬月が事務所であれこれと作業をしていると、莉紗が声をかけてきた。

「冬月が営業してくれた雑貨屋さんから一件メール来てた。『ねこやなぎ』の小森真琴さん、わかる?」

「え?」

わかるも何も、美羽と再会した店だ。忘れるわけはない。だがあの店とは取引しないことにしたはずだが……。

「商品のことで相談したいことがあるみたい」

「……ああ、確認しとくよ」

心の中に、少し不安がよぎった。


「失礼します」

宏樹は真鍋の部屋に呼ばれ、入っていった。

「聞いたか？」

「いえ」

「俺は左遷、おまえは出世だ。俺の負け、おまえの勝ち」

真鍋は自席の荷物を段ボール箱に詰めているところだった。

「え？」

「俺のトラブルをうまく収めてくれたそうだな。それにおまえの働き方が社内で高く評価されてる」

真鍋が言うように、宏樹が早く退社するようになってから、会社全体が積極的にワークライフバランスの推進に取り組むようになってきた。

「さっき内示があって、俺は異動する。この席を引き継ぐのはおまえだそうだ……バチが当たったか」

真鍋は自虐的に笑った。

「俺はあなたの下で仕事を覚えました。感謝してます」

「皮肉かよ」

「いえ、会社で生きていく力は部長に鍛えていただきました」

口先だけで言っているわけではない。宏樹の本音だ。

「あーあ、おかげでこれから家族との時間がたっぷりつくれるな。おまえを見習って家族サービスでもするか」

どこか吹っ切れた様子の真鍋に、宏樹は笑みを浮かべながらうなずいた。


夜、美羽と宏樹はふたりで向かい合い、夕飯を食べていた。

「美羽、疲れたろ?」

「うん、でも一日楽しかったなぁ」

接客でかなり気を使ったし、店ではほとんど立ちっぱなしだったけれど、心地いい疲れだ。

「よかった。俺もちょっと報告があって」

「え、何?」

「昇進が決まってさ」

「ええ！　おめでとう！」

「でも、働き方は今まで通りだから、心配しないで」

「うん、すごいよ、お祝いしなきゃ！」

仕事とプライベートの両方を充実させるようになった宏樹の生き方が認められたということだ。

「あ、じゃあ美羽の就職祝いも兼ねてやろう」

「そうだね。じゃあ週末、ご馳走つくろ」

美羽は張り切って言った。


翌日の午後、真琴は店に冬月を呼び、商品のカタログを見ながら打ち合わせをしていた。冬月は店の中をチラチラ窺うなど、やや警戒している様子だ。

「やっぱり冬月さんのところで扱ってる商品、うちにも置きたくて」

「ありがとうございます……お電話でもお伝えしましたが、うちでは物流の関係で」

「子どもの教育に関する取り組みにも共感しまして、ぜひお取引させていただきたいんです」

真琴は、取引に乗り気ではない冬月を遮った。そして、畳みかけた。

「あ、冬月さんってご結婚とかされてます？」

「いえ」

「独身ですか。じゃあ恋人は？」

「いないですけど」

「へぇ、カッコイイのになぁ……あ、こういう話ってセクハラですよね！　すみません」

「いえ」

冬月が困惑しているのにかまわず、真琴は続けた。

「私、バツイチなんですけど……子どもがいても恋とかできますかね？」

「まぁ、それは」

「でも、私、浮気されて離婚したんで、不倫とか死ぬほど嫌いなんですよ。冬月さん誠実そうだから、そんなことしませんよね？」

真琴は冬月を見据えた。冬月は視線を泳がせた。

「もしかして、冬月さんって不倫したことあります？」

冬月が黙り込んだところに、美羽が栞をベビーカーに乗せて出勤してきた。今日、美羽は昼過ぎから出勤のシフトで、わざわざその時間に合わせて冬月を呼んだのだ。

美羽と冬月は顔を合わせ、硬直していた。美羽は出入り口で立ち尽くし、冬月は居心地悪そうにうつむいている。

「美羽さん、こちら、これから取引させていただく冬月さん」

真琴は美羽に声をかけ、次に冬月に美羽を紹介した。

「こちらがパートで働いてもらってる神崎美羽さんです」

「……どうも」

冬月は消え入るような声で会釈をした。美羽も無言で、頭を下げた。

「おふたりとも一度ここで会ってるんですよ？　覚えてません？」

真琴は立ち上がり、ベビーカーの栞を抱っこした。

「で、この子が小さな店員さんです！」

美羽は必死で動揺を隠し、仕事の準備を始める。

「ほら、この子、ほんとに可愛いんですよ」

「え」

冬月は栞から微妙に視線を逸らしている。

「人懐っこい、いい子なんですよ、誰に似たのかなー？」

真琴は冬月に栞の顔を見せた。冬月は複雑な気持ちで栞を見つめた。その様子を、美羽が気にしている。

「お客さんにも大人気なんですよねー。美羽さん」

真琴はふたりの様子を観察しながら、美羽に声をかけた。

「え、あ、うん」

美羽は声が裏返っている。

「せっかくだし、冬月さんにも抱っこしてもらいます？」

真琴の提案に美羽は青くなり、冬月も「いや」と、引いた。

「お客さんにもよく抱っこしてもらうんですよねー。ほら、抱っこしてみてください」

「え」

冬月は戸惑いながらも両手を差し出した。

「やめて！」

美羽が叫ぶような声を上げ、冬月はビクリと動きを止めた。

「……ごめんなさい」

美羽は真琴から栞を奪い取るようにして、胸に抱いた。

「すみません、もう出なきゃいけないんで失礼します。また連絡します」

冬月は荷物をまとめ、まるで逃げるように出ていった。

「真琴、どうしてこんなこと？」

美羽が真琴に問いかける。

「美羽さんこそ、どうしてそんなに怒ってるんですか？　いつもお客さんに抱っこしてもらってるのに」

「……知らない男の人にまだ慣れてないかもしれないから」

「そうですか、ごめんなさい」

「ううん」

美羽は真琴に背を向け、栞をあやしている。

「……やっぱり」

真琴は小さく呟いた。


仕事を終え、美羽はベビーカーを押しながら夕暮れの道を歩いていた。九月も半ば、六時を過ぎるともう日が沈み、あたりは暗くなりかけている。

今日は出勤した途端に冬月に会ってしまい、どっと疲れた。店にお客さんが来れば自動的に笑顔をつくって接客していたが、ほとんど上の空だった。


——もしも冬月くんが栞を抱いたら……私は壊れてしまう。

冬月も、この日はほとんど仕事に身が入らなかった。外回りを終えて事務所の近くまで戻ってきたが、近くの歩道橋の上でなんとなく足を止めた。手すりに寄りかかり、ぼんやりと夕空を眺めていると、莉紗が歩道橋を上ってきた。やはり事務所に戻るところのようで、冬月に気づいて声をかけてきた。

「あれー、仕事サボって」

「今から戻るよ」

と言いつつも、なかなか動くことができない。

「冬月、どうして？」

莉紗が隣に並び、冬月の横顔をのぞき込んだ。

「ん？」

「すごく悲しい目してる。好きだった人のこと？」

莉紗の声に、冬月は胸の内を明かした。

「忘れるって決めたのに……いろんなことがあって」

美羽の子どもに手を伸ばしたとき、拒絶した美羽の鋭い叫び声が、耳から離れない。

「心の中って自分の思い通りにならないな」

フッとつぶやいて遠くを見つめていると、莉紗が冬月の背中に抱きついてきた。

「私がいるじゃん」

莉紗は冬月を抱く手に力を込めた。

「私、冬月が好きだよ」

突然の告白に、冬月は何も言えずにいた。

美羽が寝室に入ると、宏樹は寝息を立てて眠っていた。奥のベビーベッドをのぞき込んで栞の寝顔を見つめ、布団をかけ直す。

「おやすみ」

呟いて、美羽もベッドに入った。疲れているはずなのに、眠れそうになかった。


美羽が働き始めて数日後の夕方、宏樹は仕事を早く切り上げ、浅岡の店にやってきた。ドアを開けると、カウンターにいた浅岡が宏樹に目で合図をし、奥のテーブル席を示した。コーヒーを飲んでいた真琴が宏樹のほうに顔を向け、会釈をした。ほかに客はいない。

「ごめん、待った？」

宏樹は向かい側に腰を下ろした。

「急にすみません」

そこに浅岡が来て、宏樹の前に水とコーヒーを置いた。

「俺、ちょっと外、出てくるわ」

「はい……すみません」

浅岡は気を利かせ、表の看板をクローズにして店を出ていった。

「どうしたの？　話したいことがあるって。誰にも見られないところがいいって」

今日、真琴から連絡があり、宏樹がこの店を指定した。

「ごめんなさい、忙しいのに」

「いや大丈夫……何？」

「宏樹さん、今が幸せだって言いましたよね」

「ああ」

「その幸せ、本物なんですかね？」

心の奥底を射抜くような真琴の視線に、宏樹は「え」とたじろいだ。

「私、ずっと誰にも言わないって決めてたことがあるんです」

真琴の言葉に、宏樹はどんどん雲行きが怪しくなっていくのを感じた。

「自分が傷つくのも嫌だったし、言ってどうなるものでもないし、美羽さんのことも大切で」

「……真琴ちゃん？」

いったい何を言われるのかわからないが、決していいことではないのだろう。

「何より、言われた人を困らせたくないから」

真琴はしばらく考え込み、顔を上げた。

「ずっと宏樹さんのこと好きでした」

「待って。あの……」

困惑している宏樹を、真琴はすぐに遮った。

「だから私、美羽さんのことが許せない」

真琴は怒りをあらわにした。

「美羽が何したの？」

「私、美羽さんのこと大好きだし、ずっと信頼してて、ずっと私にとって特別な人で、親友だから……だから……すごく悔しくて」

「何があった？」

「美羽さんは宏樹さんを裏切ってますよ」

「え」

「不倫してます」

あまりにも、予想外の言葉だった。

「結婚しててほかの人のこと好きになるなんて、絶対ダメじゃないですか」

「いや、美羽がそんなこと……」

栞が生まれる前から美羽は専業主婦だった。ずっと家にいたのだから、不倫だなんて考えられない。

「気づきませんでしたか？」

「まさか」

「……それだけだって許せないけど」

「ちょっと待って。どういうこと？」

問いかける宏樹の顔を、真琴が厳しい表情でじっと見ている。

「栞ちゃん」

ひと言発して、真琴はうつむいた。宏樹はすぐにその意味を察した。

「は？　そんなの……」

「女の勘ですよ」

「勘って」

「いや、母親の勘です」

真琴が中途半端な気持ちで言っているのではないのが伝わってきて、宏樹はただただ混乱していた。


真琴が帰っていくのと入れ代わりに、浅岡が戻ってきた。

「どうした？」と聞かれ、宏樹は真琴から聞いたことを話した。

「おまえの子じゃないって……そんなこと信じるのか？」

問いかけられても、何も答えられない。

「心当たりがあんのかよ」

「いや、あるわけないじゃないですか……」

「そうだろ、何かの間違い。どうせ好きとか言われたんだろ、あの子のやっかみだよ。デタラメ言ってんだ」

そう思いたい。でも、真琴の勘違いやつくり話とは思えないものがあった。

「愛してんだろ、カミさんのこと」

浅岡がカウンターの中から宏樹を強くにらみつけてきた。

「いいか、これは何かの間違いなんだ、目を瞑《つむ》っていいんだよ。白黒つけなくていい。今まで通り過ごせって。気にすんな」

浅岡は言うが、今まで通り過ごすなんてできるだろうか。真琴によって投げかけられた不安は、宏樹のなかでどんどん広がっていった。

浅岡の店を出た後も、すぐにマンションに帰る気にはなれなかった。以前だったらひとりで飲み屋に入ったが、そんな気分にもなれない。

どんな顔をして帰ったらいいのかわからずのろのろ歩いていたが、ついに足が止まってしまった。大きく息を吸い込み、不安を吐き出すように深呼吸をして、歩き出した。

「おかえり」

美羽が栞を抱っこして、にこやかに玄関先に出てきた。

「ただいま。ごめん遅くなって、篠崎に捕まっちゃってさ」

「そっか。お疲れさま、ごはんは？」

「食べる食べる」

宏樹は必死で平静を保った。


夜、眠れずにいた宏樹は起き上がり、ベビーベッドで眠っている栞を見つめていた。

「宏樹、眠れないの？」

美羽が声をかけてきた。

「……明日までにやらなきゃいけない仕事があるんだ。今、思い出した」

「無理しないでね」

「うん」

宏樹は寝室を出た。


モヤモヤを吹き飛ばしたくて、洗面所でバシャバシャと顔を洗った。電気をつけていない暗い洗面所で、宏樹は鏡を見た。髪の毛と顔が濡れたままの自分が映っている。

去年の十月、美羽は雨に打たれてずぶ濡れで家に帰ってきて、宏樹に妊娠を告げた。

まったく笑顔はなかった。青白い顔をし、その目はうつろだった。

翌日もなんとか仕事を終えた宏樹だったが、自宅へ向かう足取りは重かった。ふとスマホを取り出し、待ち受けにしている栞の写真を見つめる。

母子手帳の父親の欄は、しばらく空欄だった。栞が生まれたひと月後、美羽は深夜リビングで泣いていた。その後も様子がおかしかった。産後うつかと思っていたが、何か心に抱えているせいだったのか。

でも、美羽を信じるしかない。今は美羽と栞と三人で幸せだ。宏樹は不安ごと拭い去るように深呼吸した。

「もうすぐ生まれて半年」

夕食中、美羽が栞に離乳食をあげながら言った。

「もう半年かー」

宏樹は栞を見た。「おいしいか～？　いっぱい食べて大きくなったなぁ」

「六カ月のお祝い、ハーフバースデーって言うんだって。どうしよっか？」

「いいね！　やろやろ」

「うん、飾りつけどうしようかなー」

うきうきしている美羽を見つめながら、宏樹は複雑だった。真琴に言われたことは考えないようにしよう。考えてはいけない。そう自分に言い聞かせてきたけれど、栞の顔を見るたびに、もし自分の子じゃなかったらと不安になってしまう。

日曜日、美羽は仕事に出かけた。今日は宏樹が栞を家で見ている日だ。栞を抱っこしていると、ふいに栞の爪が宏樹の肌をかすめた。

「いたっ、あ、爪伸びてるなー」

宏樹は赤ちゃん用の爪切りを探した。

「けっこう伸びてたなー。すぐ伸びるね」

宏樹は栞の小さくて薄い爪を注意深く切った。すべて指の爪を切り終え、片付けようとしてふと手を止めた。たしか切った爪で……。

「最近、宏樹さんどうですか?」

仕事中、真琴は美羽にさりげなく尋ねた。

「どうって? なんで?」

「いや……全然最近来てくれないんで」

「今日もだけど、パパのお仕事頑張ってくれてる」

「そうですか。いいですね」

真琴はぎこちなく笑った。


十一月十四日、栞のハーフバースデーの日。出勤した宏樹は、昼休みに会社の近くの公園のベンチにいた。届いたＤＮＡ鑑定の検査結果の封筒を開けようとしたが、心臓が高鳴る。何度か躊躇い、いっそこんなものを見るのはやめようかとすら思った。だが思い切って結果を見た。

『ＤＮＡ親子鑑定の結果：親子関係　否定』

鑑定結果を手にしたまま、宏樹はがっくりと頭を垂れた。


帰宅すると、リビングは飾りつけがしてあり、テーブルにはお祝いの食事が並んでいた。

「栞～！　こっち向いて～！　おめでと～！」

宏樹はスマホを手に、美羽と栞の写真を撮っていた。

「宏樹もこっちで、三人で撮れない？」

美羽は満面の笑みを浮かべながら、宏樹を見た。

「ああ、うん」

宏樹はスマホを三脚の上に固定しながら、画面の中に映る美羽と栞の位置を確認した。美羽は隣に宏樹のスペースを空け、幸せそうに待っている。その腕の中には、可愛い盛りの栞がいる。次第に鼻の奥がツンとしてきた。感情を抑えることができず、どんどん涙が溢れてくる。

「宏樹？」

美羽が驚いている。

「ごめんごめん。ほんと、栞大きくなったよなー」

宏樹は必死でごまかした。

「やだ、泣かないでよー」

美羽も、もらい泣きしている。

「いやー、俺、泣き虫だ」

宏樹は涙を拭きながら美羽の隣に移動し、家族三人、笑顔で写真に納まった。

翌朝、美羽は六時に目が覚めた。隣を見ると、宏樹の姿がない。ベビーベッドで眠っていたはずの栞もいなかった。気づかぬうちに栞が夜泣きをして、宏樹がリビングに連れ出してくれたのだろうか。

「宏樹ー？」

リビングをのぞいたけれど、人の気配はない。カーテンも閉まっている。宏樹と栞が、いない？

慌ててテーブルの上のスマホを取ろうとすると、近くに置いてあったガラガラが転がり床に落ち、妙に不穏な音を響かせて転がっていく。

「……栞？　宏樹？」

スマホを持つ美羽の手は震え、全身から血の気が引いていった。

宏樹は栞を連れ、海が見える場所に車を停めた。もうすぐ朝日が昇ってくる。寄せては返す波の音が響くなか、宏樹は後部座席を見た。栞はチャイルドシートで静かに眠っている。

宏樹は運転席から降り、晩秋の海を見下ろしていた。

（下巻に続く）

CAST

神崎美羽……………………松本若菜
神崎宏樹……………………田中 圭
冬月 稜 ……………………深澤辰哉
水木莉紗……………………さとうほなみ
小森真琴……………………恒松祐里
夏野かずみ…………………多岐川裕美
浅岡忠行……………………北村一輝

他

■ **TV STAFF**

脚本：市川貴幸

主題歌：野田愛実『明日』（avex trax）

演出：三橋利行（FILM）　楢木野 礼　林 徹

プロデュース：三竿玲子

制作・著作：フジテレビ

■ BOOK STAFF

ノベライズ：百瀬しのぶ

ブックデザイン：村岡明菜（扶桑社）

校閲：小出美由規

DTP：明昌堂

わたしの宝物 （上）

発行日　2024年11月29日　初版第１刷発行
　　　　2024年12月30日　　　第２刷発行

脚　　本　市川貴幸
ノベライズ　百瀬しのぶ

発 行 者　秋尾弘史
発 行 所　株式会社 扶桑社
〒105-8070 東京都港区海岸1-2-20 汐留ビルディング
電話　03-5843-8842（編集部）
　　　03-5843-8143（メールセンター）
www.fusosha.co.jp

企画協力　株式会社フジテレビジョン
印刷・製本　中央精版印刷株式会社

ISBN 978-4-594-09933-6